のんびりVRMMO記 9

A L P H A L I G H T

まぐろ猫@恢猫

Magurorneko@kaine

JN055848

アルファライト文庫

ミィ（飯田美紗《いいだみさ》）
双子の幼馴染《おさななじみ》。13歳。
外見に反し、戦闘大好きの
ハードゲーマー。
メイ
二足歩行の羊の魔物。
身の丈《たけ》より大きな
ハンマーが武器。
ヒタキ（九重鶲《ここのえひたき》）
双子の妹。13歳。
あまり感情を表に出さないが、
実は悪戯《いたずら》っ子。
肩に乗っているのは小桜。
主な登場人物
Main Characters

リグ
可愛《かわい》らしい
蜘蛛《くも》の魔物。
ツグミのフードの
中が定位置。
ヒバリ
（九重雲雀《ここのえひばり》）
双子の姉。13歳。
活発な性格で、
幽霊《ゆうれい》以外は
怖《こわ》いものなし。
ツグミ（九重鶫《ここのえつぐみ》）
本編の主人公。25歳。
双子《ふたご》の妹達の親代わりで、
ゲーム世界では生産職に。
小麦
にゃんこ太刀《だち》に宿《やど》る猫又のペット。
小桜（白）と小麦（黒）で一心同体。

今日は日曜日なので、俺——九重鶫《ここのえつぐみ》は、平日の朝より少しだけ遅《おそ》く起きた。

いつものように着替えてリビングに行くと、双子《ふたご》の妹達、雲雀《ひばり》と鶲《ひたき》の姿はない。

彼女達の部屋の前を通っても物音ひとつしなかったので、まだ寝ているのだろう。

用事はないし、俺もゆっくりしていいかもしれない。あ、朝食はちゃんと作るよ。

冷蔵庫を開けて食材を眺《なが》めていると、ふと、双子との会話を思い出した。


「……そう言えば、ガレット食べてみたい、とか言ってたな」


確かテレビで特集されてたんだっけ。そば粉《こ》はないけど、小麦粉もベーコンもチーズもジャガイモもあるから作ってみよう。

少しばかり不安に感じる慣れないメニューは、俺達がプレイしているVRMMO【REAL《リアル》&MAKE《メイク》】——通称R&Mの中で試《ため》してからのほうが良いかもしれない。

VR技術の進歩はすごい。今に始まったことじゃないけど。

そんなこんな考えながらガレット作りをしていると、雲雀と鶲が起きてきた。

俺はスープも作り、ワイワイ賑《にぎ》やかにいただきます。

即席にしては美味《おい》しいと思う。まぁ炒《いた》めれば美味しいものばかり使っているから当然、と言われたらちょっとアレだけど。

毎度のことながら絶賛《ぜっさん》してくれる雲雀と鶲に感謝しつつ、ペロリと平《たい》らげ、ごちそうさまでした。

お腹《なか》がこなれるまでまったりしていたら、ハッとした表情の雲雀が話しかけてくる。

「あ！　つぐ兄ぃ、お昼くらいにゲームやりたいんだけどいい？」

「ん？　あぁ、いいけど」

「ええっとねぇ、今日は久々に、ちょっとばかり長めにログインしたいんだぁ。ん〜っと、ひぃちゃん先生お願いします！」

勢いに促《うなが》されるまま頷《うなず》くと、雲雀は満足そうな表情になり、最終的には鶲にバトンをぶん投げた。

いつものこととはいえ……鶲も満更《まんざら》ではなさそうだ。

最近はプレイ時間が短めだったし、就寝《しゅうしん》時間が遅くならなければ良いか。俺も楽しみだし。

「ん、説明はお任《まか》せ」

鶲先生渾身《こんしん》の説明によると、昨日クエストボードで見つけた『世界樹に棲《す》み着《つ》く虫系魔物の討伐《とうばつ》』ってのをじっくりやりたいそうだ。

簡単に言えば、放っておくと世界樹が枯《か》れるかもしれないから駆除《くじょ》を！　ってことらしい。

世界樹は大きくて生命力に溢《あふ》れているが、明日には駄目《だめ》になっているかもしれないし、世界樹の樹液《じゅえき》を吸って成長した魔物が、聖域に這《は》い出してくるかもしれない。

世界樹は魔法の源《みなもと》である魔素《まそ》を放出する、妖精族の母親でもあるから、枯れたら世界の平穏《へいおん》が揺《ゆ》らぎかねない……とかなんとか。

あまり頭に入ってこなかったけど、雲雀と鶲がやりたいって言うなら付き合うよ。

ちなみに今日は、ミィこと飯田美紗《いいだみさ》ちゃんの参加はなし。

朝一番にメールが来たという。メールを打つ美紗ちゃんの姿が目に浮かぶ。

血涙《けつるい》を流すくらい悔《くや》しがっていそうだけど、現実も大事だよ、美紗ちゃん。あ、俺達もな。

「なるほど。俺は構わないけど、いつ頃ゲームやるんだ？」

「んん〜、お昼食べたあとかなぁ」

「分かった」

お昼を食べたあとならまだ時間があるし、洗濯物《せんたくもの》でも洗おうかな。

それと、しばらくやってなかった玄関掃除もしたいし、夕食は最近うどん祭りが続いたから、そろそろ違うものを食べたい。

そんなことを考えていたら、鶲がいきなり雲雀の腕を掴《つか》んだ。

「雲雀ちゃん、私達は例の件について、アレとソレとコレの話し合いをしないといけない」

「へ？」

2階へと連《つ》れていかれる雲雀。

それを横目に、俺は十分にお腹がこなれたことを確認して、食器を洗うため立ち上がる。

まったり出来るのも主夫の特権だよなぁ、とのんびり考えつつ、シンクに食器を置いて、蛇口《じゃぐち》を捻《ひね》った。

片付けが済んだら玄関に行って、隅《すみ》にかなり積《つ》もっていた砂埃《すなぼこり》に唖然《あぜん》としながら、念入りに掃除。

雲雀も鶲も2階に上がったまま帰って来ないけど、俺は気にせず、まったりのんびり洗濯をしたり、なんやかんやしたり。

洗濯物を干《ほ》してリビングに戻り時計を見ると、ちょうど針が正午を指していた。

「……あ、昼飯時か」

思わず独《ひと》り言《ごと》を呟《つぶや》き、小腹が空《す》いたなぁとお腹を擦《さす》る。

2階からトタトタ音がしたと思ったら、階段のほうが騒《さわ》がしくなり、雲雀と鶲が元気にリビングの扉を開いた。

「あれとかそれとかいろいろ終わらせた雲雀、参上！」

「いつものことしかしてない。つぐ兄、お昼なににするの？」

鶲も眉《まゆ》をへにょっと下げ、俺と同じようにお腹を擦っていた。

早めに昼食を用意してあげないとって気分になる。

雲雀も食いしん坊だけど、実は鶲も負けてないんだよな。

簡単お手軽大量レシピは……っと。

キッチンへ向かい、かけてあるエプロンを着用しつつ、そんなことを考える。

少し趣向《しゅこう》を変えて、お好み焼きでもいいか。ひたすらキャベツを切り刻《きざ》む作業をがんばらないといけないけど。

手伝うことはないかと聞かれたが、お好み焼きは本当に手伝ってもらうことが少ない。単純作業なら、２人がとても良く働いてくれるのは知ってるよ、うん。

俺がキャベツを刻み、雲雀と鶸にはテーブルを拭《ふ》いたり皿を出してもらったり。そんなことを指示しながら、３人分のお好み焼きを作り上げた。青のりと鰹節《かつおぶし》も忘れずに。

「んん〜！　んまぁ〜！」

「ん、食物繊維《せんい》たっぷり。んまんま」

たっぷりキャベツと、冷蔵庫に眠《ねむ》っていたニンジンを入れた野菜マシマシお好み焼きは、とても美味しかった。

食べ終わった食器はキッチンのシンクへ持っていき、水に浸《つ》けておく。

俺がキッチンからリビングに戻ったときには、すでにゲームの準備が終わっていた。次にやることは決まっているとはいえ、早すぎると思うんだけど。

雲雀と鶸の期待した眼差《まなざ》しに負けた俺は、雲雀からヘッドセットを受け取り、所定の位置に座ってかぶる。

あ、どれくらいゲームするのか聞き忘れた。

ゲーム内で聞くことにして、ヘッドセットのボタンを押したら、すぐさま意識が吸い込まれた。

◆　◆　◆

意識が浮上する感覚を覚えて目を開くと、目の前に広がるのはちょっと見慣れない風景。

プレイヤー冒険者がほとんどおらず、手のひらサイズの妖精《ようせい》が、楽しそうに空を飛んでいる。

ここ、世界樹の上は雲から突き抜けているので、サンサンと太陽光が降り注ぐ。でも寒かったり暑かったりはせず、不思議な力で適温に保たれていた。

時折風で揺らめく世界樹の葉を見ながらリグ達を喚《よ》び出していると、ヒバリとヒタキもやって来た。冒険者の数が少ないので、慌《あわ》てずに集合できるのはいいかもしれないな。

いつものように端《はし》へ移動することもなく、予定通りクエストを受けるため、俺達はギルドへ向かった。

暇《ひま》そうにしている受付の人が姿勢を正《ただ》すのを横目に見つつ、クエストボードの前で、依頼を流し読み。すぐに虫系魔物の討伐依頼を見つけられた。

他のクエストは受けず、今日はこれだけだ。

【世界樹の天然迷宮《めいきゅう》に棲み着く虫系魔物の討伐】
【依頼者】聖域ギルド
世界樹の天然迷宮に棲み着いている、虫系魔物を討伐してください。下へ行くほど魔物の強さが上がります。火属性魔法の爆裂《ばくれつ》火炎魔法を除《のぞ》き、火を使用しても構いません。道案内が必要でしたら申請してください。
【ランク】B～E
【報酬《ほうしゅう》】虫系魔物1匹につき300M《ミュ》。

諸注意を聞き、道案内をお願いしたら、少しだけ待たされた。

やがて入り口からワイワイ楽しそうな声が響《ひび》き渡ったので、そちらを凝視《ぎょうし》。

道案内として、以前世話になったスイが来てくれたんだけど、楽しそうだからって他に5人、妖精がくっついてきた。

水色のスイ、赤色のアカ、緑色のリョク、茶色のチャ、白色のハク、黒色のコク。

全員普通の妖精より、頭ひとつ力の強い子達ばかりらしい。でも楽しいことが大好きなあたり、やっぱり他の子と同じような気もする。

ヒバリ達も喜んでいるのでまぁいいとして、早速世界樹の天然迷宮へ向かうとしよう。

このままだと時間が過ぎるだけだ。

◆◆◆

世界樹の天然迷宮への入り口は、ギルドの奥にある扉だった。

扉の数歩先に階段があり、どこまで続いているかは見えない。でもゲームの設定上、疲労は感じないから、心を強く持てばいいと思う。

カンテラ？　みたいな照明器具で照《て》らしてあるので、おっかなびっくり歩かずに済みそうなのは良いことだ。

リグ達も妖精達もヒバリ達もついて来ていることを確認し、俺達は焦《あせ》らずのんびりと階段を下りていく。

「えっと、あのね、スイ達は、虫系魔物が出る場所に案内してくれるんだよね？」

可愛《かわい》らしい妖精に興味が尽《つ》きないのか、先を行くヒバリが、弾《はず》んだ声で尋《たず》ねた。

『私が案内するわよ！　水の妖精だもの。母なる世界樹に流れる水の力を借りて教えるから、隅から隅まで魔物を倒しましょう！』

『あ、ボク達はスイとは違って、ただの賑やかしなんでお気になさらず』

「アッハイ」


スイは元気に答えてくれたんだけど、他の5人は賑やかしなんだそうな。

……に、賑やかし？　でも1人よりは2人、2人よりは6人のほうが良い。多分。

5分以上歩くと、ようやく底が見えてきて、広間のようになっていた。

世界樹にこんな大穴が開いてていいのかとスイに尋ねたら、気にしなくても良いらしい。

全体の大きさを考えると問題ないんだとか。

まぁスイ達が言うならそうなんだろう。

賑やかしの妖精達も交えつつ、話しながら歩く俺達。

しばらくすると、ヒバリの肩に座っていたスイが立ち上がり、俺のところへ飛んできて髪を引っ張った。


『こっちよこっち！　母様の体を貪《むさぼ》る不届《ふとど》き者がいるのは！』

瞬時にもっとも権限を持っていそうな人を見抜くのはすごいけど、髪の毛を引っ張るのはいただけない。あと、貪るって言葉はどこで覚えたの？

でもまぁ、世界樹はスイにとって母親のような存在だから、気にしないでおこう。引っ張られる感覚はチョンチョンで痛くないし。

彼女の必死な案内でやって来たのは、大きな穴のような袋小路《ふくろこうじ》だった。

『あ、アイツらよ！』

爽《さわ》やかな甘みのある香りが微《かす》かに広がる袋小路。

そこにいたのは、１メートル程度もある平《ひら》たい楕円《だえん》形で、緑褐色や青銅色の光沢を放つ……カナブンだった。カナブンは樹液や熟した果実が好物だし、それでいいよな。

壁《かべ》から滴《したた》る世界樹の樹液に群《むら》がる様子は圧巻《あっかん》の一言。

「うわ……」

樹液に群がりウゾウゾと蠢《うごめ》くカナブンの姿に、さすがのヒタキもドン引きしている。

俺もちょっと、あれは嫌《いや》かなぁ。だけどお仕事なので、ちゃんと退治しなくては。

リグにカナブンを文字通り一網打尽《いちもうだじん》にしてもらい、メイに網を引っ張ってもらって一ヶ所に集める。そこをヒタキの火魔法で倒す。

火は虫系魔物の弱点だからと、随分丁寧《ずいぶんていねい》に焼いていた。

背中の光沢が綺麗《きれい》な部分と、薄翅《うすば》、触角《しょっかく》が主なドロップアイテムだな。

なにに使うか分からないけど、ヒタキとスイが満足した表情をしていたので良しとしよう。

浅い階層はこのカナブンか、俺より少し大きいくらいの虫系魔物しか出ないらしい。

できるだけ魔物を討伐したいが、危《あぶ》ないことはしたくない旨《むね》を伝えたら、それで十分だと喜ばれた。え、良いの？

そうスイに問うと、下の階層の魔物ほど知恵が回るので、世界樹が枯れるほど樹液を啜《すす》るやつはいないらしい。でも虫系魔物全般が迷惑《めいわく》なのは確か。

スイとヒタキがひたすら索敵《さくてき》し、虫をまとめて焼却《しょうきゃく》すること1時間。

このあたりの魔物はあらかた片付いたらしく、スイが俺の髪を引っ張って、次の場所へ連れて行こうとする。

俺達もまだやる気が十分なので、休憩《きゅうけい》を挟《はさ》まず次の場所へ向かった。

「んん～っ、おおぉおおおぉぉおっ！」

「……虫の王様降臨《こうりん》」

少し歩いて開けた場所に出た俺達は、目の前に鎮座《ちんざ》する虫系魔物を見て、ちょっとテンションが上がった。

樹液を啜っているのは同じだけど、この魔物は大きさからして貫禄《かんろく》がある。

大きなY字形の角《つの》を持ち、大きさは俺と同じくらい。艶《つや》のある黒褐色をした、膨《ふく》らみのある円形の、昆虫の王者カブトムシだ。

『アイツ、すごい力持ちだから気をつけて！』

(｀・ェ・´)

「め！　めぇ、めめめぇめめめめっめ！」

ビシッとカブトムシの魔物を指差すスイを眺めていたら、メイがいきなり声を上げ、自身の胸から黒金の大鉄槌を取り出した。やる気満々の様子。

「ん、行っておいでメイ」

(｀>ェ<)ゝ
「めめっ！」

「え、まぁいいか……ヒバリ、メイが勝つと思う？」

「え？　あ、うん！　もちろん！　メイも力持ちだもん。負けないよ」

なぜかヒタキに促され、メイは大鉄槌を担《かつ》いで可愛らしく走り出した。やる気があるのはいいと思う。

小桜と小麦はまったりしている一方で、スイがメイのことを応援してくれる。

その他の妖精達はいつの間にか木のカップを持ち、そこかしこから滲《にじ》み出している樹液を汲《く》んで、宴会を始めていた。２度見してしまったのは俺だけじゃないはず。

いろいろと放っておくことにして、メイを見守ろう。

時間をかけてカブトムシのところまでたどり着いたメイ。

カブトムシもメイを無視できないらしく、ゆったりとメイのほうへ向いた。

両者は睨《にら》み合い、じりじり距離《きょり》を狭《せば》めていく。

次の瞬間、カブトムシは角で下から掬《すく》い上げるような突きを繰《く》り出し、メイはそれを黒金の大鉄槌で上へ弾き返した。

どうやら力比べは、我《わ》が家の破壊神に軍配《ぐんばい》が上がったようだ。

カブトムシの体が浮き上がり、そのままドスンッと音を立てて引っ繰り返る。

メイは角を上へ弾いた流れで振りかぶり、恐らくカブトムシで一番柔《やわ》らかいお腹へ、大鉄槌を振り下ろした。

　カブトムシの魔物はメイの攻撃をくらうと身を起こそうと足を動かすも、数秒の後ピクリともしなくなる。やがて、光の粒子《りゅうし》へ姿が変わって消え失《う》せた。

　残ったのはドロップ品。コガネムシの魔物とあまり変わらず、追加は角くらい。


『わぁ〜。一撃必殺ってこのことを言うのね！』

『あれくらい俺でもできる』

『え、ならなんでやらないのぉ？　だしおしみぃ？』

『いくら力の強い妖精でもここじゃ赤子《あかご》同然だよ、ボク達』

『お母様から飲み物もっともらおうかなぁ』


　メイの活躍を手放しで喜んでいるのは白色のハクで、ムスッとした表情を浮かべ呟いたのが赤色のアカ。アカをおちょくる感じで言ったのは茶色のチャ、窘《たしな》めたのは黒色のコク、我関せずでマイペースなのが緑色のリョク。

　なんだか妖精達の性格が分かってきたかも。スイはしっかり者だし。

　あ、メイが別のカブトムシのところに向かっている。危なげなく一撃で倒してたから、そこまで気にしなくてもいいんだろうけども。

いや、待てよ。柔らかいお腹を攻撃したから一撃なのであって、かなり丈夫そうな背中はどうなんだろうか？

仲間をやられ憤《いきどお》っているのか、やる気というより殺《や》る気満々な、角のない雌《めす》カブトムシ。

角がなく、雄《おす》より一回りも二回りも体が小さい代わりに、どうやら動きが素早い模様《もよう》。

そんな相手に大鉄槌を当てるのは、少し難《むずか》しいかもしれない。

「リグ、メイのお手伝い頼《たの》んでも良いか？」

ヽ(・w・)ノ

「シュシュ！　シュッシュシュシュ～」

こういうときのための仲間、ってやつだな。

攻撃力も防御力も低いけど、素早く動けて敵の行動阻害《そがい》に長《た》けているリグ。攻撃力に全《すべ》てを捧《ささ》げ、動きがとても遅いメイの、最高のパートナーだと思う。

リグの糸で身動きの取れなくなったカブトムシに大鉄槌を叩き付けるも、一撃では倒れない。背中側《がわ》の防御力はすごいな。

でも背中は大きくへこみ、小刻《こきざ》みに痙攣《けいれん》している。これは半死半生《はんしはんしょう》ってやつか？

間髪《かんはつ》を容《い》れずに黒金の大鉄槌を連続で振り下ろすと、カブトムシは光の粒子へと姿を変えた。

この1匹で、あたりの虫系魔物はいなくなったらしい。まぁ、虫は繁殖力《はんしょくりょく》がすごいから探《さが》せばいくらでもいるとのこと。

安全になったこの場所で少し休憩しようと提案したら、すぐさま賛成の声が上がった。

あ、今更感《いまさら》はあるけど、カナブンの魔物はブンブン、カブトムシの魔物はサイカチって名前だと、ヒタキに教えてもらった。

◆◆◆

唯一通路のない場所を背にし、俺はインベントリから休憩に必要なものを取り出す。

そのまま座っちゃってるから敷《し》き布は無しとして、あとはお菓子と飲み物かな。

準備が終わると、ヒバリ達と妖精達がお行儀《ぎょうぎ》良く座り、期待したキラキラの眼差しで俺を見つめてくる。

「と、当店はセルフサービスとなっております」

軽く摘《つ》まめるお菓子とお茶セットを指差し、俺はヒバリ達から目をそらしながら言った。

皆に手渡していたら終わりそうにないので。

あ、リグとメイはもちろん、俺と一緒に食べるよ。

小桜と小麦はヒバリとヒタキにお任せ。

妖精達は器用そうだから、困ったときだけ助けるスタンスでいこう。

俺がセルフサービスと言った途端《とたん》、お菓子は争奪戦《そうだつせん》になってしまった。しっかり者のスイが、取り合わないようひたすら怒っていた気がする。

休憩は大体30分くらいかな。ヒバリ達と一緒に休憩セットを片付けていると、スイがわざわざ寄ってきて感謝してくれた。

俺としては、美味しく食べてくれるのが一番嬉《うれ》しいから、別に良いんだけど。

その代わりと言ってはなんだけど、もっとたくさん虫系魔物がいるオススメ？　スポットを聞いてみた。

ほら、どんな魔物を倒しても1匹３００Ｍだから。稼《かせ》ぐなら数を倒さないと。俺が倒すんじゃないけども。

俺の肩に乗ったスイは悩《なや》むように頬《ほお》に指を当て、むむむっと唸《うな》る。しばらく目を閉じて考えると、パッと目を開いた。

『そうねぇ……もう少し奥に行くと大部屋があるんだけど、そこかしら？　んん～、１００匹くらいいるわ』

「１００匹！」

その返答に俺は驚《おどろ》いた。大丈夫だとは思うんだけど、俺の中の過保護《かほご》成分が……。

すると、ヒバリとヒタキが俺の隣《となり》に並び、満面の笑《え》みで、俺の背中に手を当てながら言う。

「大丈夫だよ、ツグ兄ぃ。私とひぃちゃんの合体魔法が火を噴《ふ》くし」

「ん。それに、このあたりの魔物はそこまで強くない。魔法でシャドウハウンドも出せるし」

「シュッシュ！」

（｀・w・´）

ちょっと心配しすぎか。リグもやる気満々なのを見て、俺は片付けを終えたら出発しようと、スイに案内を頼んだ。片付けもあと少しだったからすぐ終わる。

「次の虫はどんな虫が出てくるのかなぁ～？」

まったりと目的地へ歩きながら、ヒバリが俺の肩に乗っているスイに問いかけた。

『あまり代わり映《ば》えはしないかも。甲虫系が多いわね』

(∩´ェ`)∩

「そっか。魔物は魔物に変わらないから頑張《がんば》って倒すぞー！」

「めめっ！　めめめめめ」

スイの答えを聞いたヒバリが元気よく右手を突き上げ、メイも便乗《びんじょう》するように、軽くピョンッと飛んだ。敵のおかわりが欲しいみたいだしな、メイは。

スイと妖精達のコントを見たり、樹液が染《し》み出したところに群がる虫系魔物をサクッと倒したり、寄り道をしたり。

まぁ、そこまでクエストの使命感に苛《さいな》まれなくてもいい……かな。時間の許す限り、できるだけ魔物を倒すよ、ヒバリ達が。俺はほら、お察しください。

そんなこんなで、スイのオススメスポットにたどり着いた俺達。

大部屋と呼ばれるだけあって、広さは学校の体育館、くらいかな？　世界樹の樹液に色とりどりの虫系魔物が群がっている。

なんとも言い難《がた》いゾワゾワした感じに襲《おそ》われつつ、ちょっとだけ作戦会議。

「私達のレベル上げも兼《か》ねてるから、まずは小桜と小麦に、にゃん術で大雑把《おおざっぱ》に倒してもらう？」

「ん、リグとメイに比べて、小桜と小麦はレベルが低い。ツグ兄にも経験値入るから一石《いっせき》二鳥《にちょう》」

こうやって口に出して確認すれば、間違いは起きないはず。
そのあとの作戦について双子に尋ねると、各自殲滅《せんめつ》と、あっけらかんと言われてしまう。
にゃん術であらかた倒せるし、それでいい……のか？　いいか。
納得した俺達は、それぞれ武器を担いだり、多くの魔物が魔法の範囲内に入るようポジション調整したり。

「小桜、小麦。あいつらに、にゃん術お願い！」

「にゃんにゃ～ん」

(*'ω'人'ω'*)

ヒバリの声に反応して、名前を呼ばれた2匹がにゃん術を発動させる。
見えない風の爪が音を立てながら直進し、様々な虫系魔物を巻き込み、派手《はで》に世界樹にぶつかって消えた。

「……すごい音がしたけど、ホントに世界樹の壁、大丈夫？　スイ達のお母さんでしょ？

い、今更だけど」

予想以上の攻撃に不安が広がったのか、火を使ったときと同じように、恐る恐るスイに尋ねるヒバリ。やっぱりどうしても気になるよな。

『ふふっ、大丈夫大丈夫。母様は超弩級龍《どきゅう》のブレスを受けても、無傷でケロッとしてるもの。あんなのそよ風程度じゃない？』

「ワァ、ソウナンダー」

スイが胸を張って教えてくれたとき、ヒバリの目はなんだか虚《うつ》ろになっていた。俺はよく分からないけど、すごいんだな世界樹って。

「あ、虫達こっちに来るよ！　皆頑張って！」

ハッとしたヒバリが剣と盾《たて》を構え、皆に聞こえるよう声を張り上げた。小桜と小麦が相当数の魔物を倒したので、敵愾心《てきがいしん》がこちらに向いたのだろう。

ヒバリは敵の注意を引きつけるスキルを使い駆《か》け出したが、ウゾウゾ集まってくる虫系魔物を前に、「ひえっ！」と怖気《おじけ》づいた。

ムカデのような、カマキリのような、バッタのような……それらに加えて魔物の幼虫。

さすがに俺でも嫌な感じだから仕方ない。

ヒバリの尊《とうと》い犠牲《ぎせい》を無駄にしないために、俺達は散開《さんかい》して討伐を始めた。スイ達妖精チームは見学ということで。

部屋の中央で派手に戦っているヒバリ達を横目に、俺とリグも戦闘開始。

「リグ。俺達はいつも通り、魔物を糸で簀巻《すま》きにしていこう」

(>w<)ゞ
「シュッ！　シュシュシュ～」

「じゃあ、あの芋虫《いもむし》みたいな魔物から」

俺達が狙《ねら》うのは、俺より一回り小さな芋虫の魔物だ。動きはメイよりも遅く、安心して対峙《たいじ》できる……はず。ただ魔物は魔物なので、気を抜かずにいきたい。

「動きを止める感じで、粘着性《ねんちゃくせい》の高い糸を頼む」

(*・w・*)

「シュ！」

芋虫は嫌そうに体を捩《よじ》ったりしているけど、全《まった》く振り払えておらず、次第に動きが鈍《にぶ》くなっていった。こんなものかな？　と、次の獲物《えもの》を探す俺達。

近くにいるヒタキに、トドメを刺すのをお願いしておくのを忘れずに。

中央の激戦区には近寄らず、はぐれた魔物を狙い続ける。

するとスイが俺の肩に乗ってきて、残りの体力が少ない魔物の存在を教えてくれた。

その魔物にはリグ特製の毒牙《どくが》をプレゼント。

なんで俺のところに来たのか尋ねたら、双子の戦闘は安定して心配いらないから、とのこと。

２人はきちんと考えて職業を選んでるからな。リグ達も仲間になって、よりバランスの良いパーティになってきたってのもあるし？

妹達が褒《ほ》められたら自分のことのように嬉しい。うん。

「ツグ兄ぃ、倒し終わったよー！」

スイと話しながら立ち回っていたら、ヒバリが鉄の剣を頭上に掲《かか》げ、ブンブン振り回し報告してくれる。危ないからそれはやめておこうか。

そう言えば、益虫《えきちゅう》というか、中立の魔物がいるのかスイに聞いてみた。

自然界では、害虫を食べたり受粉《じゅふん》の手助けをしてくれたりする益虫がいるんだけど、ここではどうだろう？

スイがきょとんとするも、すぐに明るい表情になって楽しそうに笑う。そして一言――

『母様の中にいる虫の魔物はすべからく害虫よ』と。

あ、はい。樹液を啜ったり木を削《けず》ったり、確かに木を傷《いた》める行為だからな。見つけ次第退治の方向で。

◆　◆　◆

大量の虫系魔物を倒した俺達は、次の獲物を求めて歩き出した。

小道に蔓延《はびこ》る虫系魔物を倒し、なにやら揉《も》めている虫系魔物を見つけては漁夫《ぎょふ》の利《り》を狙う。

スイに許可をもらい、世界樹の樹液のご相伴《しょうばん》に与《あずか》り、休憩することも忘れない。

「倒しても倒しても終わりそうにないね」

「ん、虫はいくらでも湧《わ》いてくる」

「お金がっぽがっぽだからいいけどね！」

「ん、おいしいクエスト」

虫系魔物はいくら倒してもワラワラと湧いてくるみたい。

俺達はそれなりにお金を稼げて、スイ達は害虫が少なくなって嬉しい。ええと、ｗｉｎ－ｗｉｎってやつだな。

迷宮に窓はなく、外の様子が分からないから、時間の感覚はないに等しい。でも俺にはゲームのウインドウがあるので、それを確認すれば問題なし。

ゲーム内の時間を見てみると、なんといつの間にか夜になっていた。

そのことを伝えると、スイ達が大きく欠伸《あくび》をした。妖精はもう寝る時間らしい。

人間も妖精も睡眠《すいみん》は大事なので、眠そうにしているスイ達を連れ、俺達は来た道を引き返した。

行きがてら、敵を見つけたら即滅《そくめつ》の心構えで戦っていたので、帰り道は呆気《あっけ》ないほどスムーズに進むことができた。20分程度でギルドへ到着。

クエスト報告をする前に、眠たそうな妖精達を帰してあげようと思ったんだけど……あまりにフラフラだ。

これはついていったほうがいいのか？　あ、でも黒色のコクが夜に強いらしく、こんな事態に慣れているらしいので任せようと思う。

『ふぁぁぁ、妖精案内にんのかつようありがとぉ』

『ばいばいにんげん』

『またおかしくれてもいいぞ』

『たにょしはっらふぇすぅ』

『妖精の案内がまた必要でしたら、ギルドの受付にてお申し出ください。ほら、皆眠たいのは分かるけど寝床までは頑張って』

『うぇぇぇぇ』


スイ、チャ、アカ、ハク、コク、リョクを、ギルドの出入り口で見送る俺達。

妖精はＮＰＣ《ノンプレイヤーキャラクター》から眠かったみたいだけど、リグ達ペットは、あまり眠気《ねむけ》を感じていないようだ。まぁ、寝られるときにいつでも寝てるからってのもあるけど。

建物に入り、クエスト報告をするため、人っ子ひとりいない受付へ向かう。

どれくらい虫系魔物を倒したかというと、なんと３２９匹で、金額にして９万８７００Ｍ。

オススメの狩《か》り場を教えてもらったおかげで、効率が良かったんじゃないだろうか？

基本、勝てない相手に挑《いど》まないからな、俺達。安心第一。

クエスト報酬を受け取ったらギルドを出て、満天の星の下、どこの街にもある噴水《ふんすい》広場へ。出歩いている冒険者は片手で数えるほど。

雲がないから空が綺麗なんだな、とか考えていたら、ヒバリがモジモジしながら俺のことを見た。

なんだ？　討伐の追加か？

「ツグ兄ぃ、ログアウトするのまだいい？」
「別にいいけど、やりたいことでもあるのか？」
「ん、普段は無理そうなツリーハウスのお宿に泊まりたい」
「高いとこのもっと高いとこ！」

俺が問いかけると、ヒバリではなく、ヒタキが代わりに話してくれた。

確かにツリーハウスに泊まれるチャンスなんてほとんどない。

俺としても、少年の頃の冒険心が刺激されるというかなんというか……簡潔《かんけつ》に言えば賛成。

決まってからの動きが速いのが我が家族なので、ヒタキに案内してもらい、すぐに部屋を確保する俺達。

ヒバリ達が見繕《みつくろ》ってくれたのは、素泊《すど》まり限定の宿らしい。2～3人用の部屋が世界樹の太い枝の上に点在しており、本当に寝るだけの造《つく》りだった。

あ、もちろんリグ達も泊まれるから安心。

部屋に行くための梯子《はしご》はしっかり作られていたので、ちょっとほっとした。縄《なわ》とか縄梯《なわばし》子《ご》の類《たぐ》いだったら、登れない自信しかない。

ツリーハウスの中は爽やかな木の香りで満ちていて、ベッドではなく綿のたっぷり入った布団が置かれていた。

床に敷いてあるのは……世界樹の葉？　肉厚《にくあつ》の葉はとてもフカフカで、この上でもよく眠れそうだ。


「えへへ、ちょっと狭《せま》いけどワクワクするねぇ！」

「あ、これサービスだって」

ヒバリが狭い部屋を楽しむ一方で、ヒタキが僅《わず》かなスペースに置かれた果物に気づく。

小さなメッセージカードが添《そ》えられていて、ヒタキの言ったとおり、サービスだと書いてあった。

「うひょ～！　新鮮《しんせん》果物！　美味しい！　へへへ、お裾分《すそわ》け！」

(∩´ェ`)∩

「めぇめめっ」

瑞々《みずみず》しい果物を口に含んだヒバリが、パカッと口を開けて待つメイ達にも配《くば》っている。

果物を食べながら、眠る必要はあまりないので、少しお喋《しゃべ》りすることにした。

世界樹は雪深い場所にあるのに果物が出てくるのは、妖精や精霊のおかげだとか、歓迎の意味があるとか。あと船や機関車のように、プレイヤーが交通機関に手を入れたから、とか。

ふと、今日後半の予定について気になって、ヒバリとヒタキのほうに顔を向けて尋ねる。

「今日は午後からもログインするけど、なにをするのか決まっているのか？　また虫系魔物の退治か？」

「ん？　ん～ん、ちゃんと考えてるよ！　ひぃちゃんが！」

「それ、考えてるって言わないと思うなぁ」

ヒバリが胸を張ってキメ顔をしていたので、軽くデコピンしておいた。

楽しそうに肩を小刻みに揺らすヒタキに教えてもらうと、次の目的地は北の島らしい。

排他的《はいたてき》な独立国家だけど、見習い天使ヒバリがいればなんの問題もなく入国できるとのこと。

「ここは試される大地。そして、広さが普通の何倍もある。島に行くにはめっちゃ移動するしかない」

「ええと確か、最北端《さいほくたん》の街に行かないと島への移動手段がないよ。けど、機関車が通ってるのはちょうど半分くらいまで。そこからは歩きか、別の手段しかなくて、一番オススメなのが犬ぞり！」

「ん、覚えてて偉《えら》い」

「えへへ」

きっちり決まっているならいいんだが、その褒め方は斬新《ざんしん》だと思う。

ブドウのようなリンゴのような果物を一気に房《ふさ》から外《はず》し、ひとつリグの口に入れてはひとつメイの口に入れ、ひとつ小桜の、ひとつ小麦の……と繰り返しつつ、双子の話を聞く。

とりあえず、今日2回目のログインでなにをしたいのか分かった。

ヒバリとヒタキが行きたいと言うならば、お兄ちゃんはどこまでもついて行こう。移動するだけでも楽しいからな。

お喋りをしていたらあっという間に時間が過ぎ、出入り口や窓から見える空が白《しら》んできた。

朝になったら、数えるほどしかないけど、大通りのお店とか覗《のぞ》いてからログアウトしよう。もしかしたら、ここでしか買えないものがあるかもしれない。

お喋りの途中で寝ていたリグ達を起こし、俺達はツリーハウスをあとにした。

「ちょっと買い食いしてみよう！」
「あんなに果物食べたのに買い食いなんて、じゅるっ」
「なんか良いものあるといいな」

早朝の中央広場はゆったりとした時間が流れており、のんびりしたい人にとっては最高の場所かもしれない。まぁ、ここに来るまでがとてつもなく大変ではあるけど。

俺達も周囲に合わせてまったりと歩きつつ、数えるほどしかない屋台や露天《ろてん》を覗き込む。下の聖域から買い付けているのか、品揃《しなぞろ》えは悪くない。

人通りは多くないので、俺の目の届く範囲にいれば好きにしていいと伝えて、ヒバリ達にお小遣《こづか》いを握《にぎ》らせた。

すると、張り切った様子の双子はリグ以外を引き連れ、お目当ての屋台へ一直線に行ってしまう。あ、リグは俺のボディーガードだからな。

「このお肉とお野菜のセットください。あと……」

和《なご》やかな笑みを浮かべた店主と話しながら買い物をしていたら、必要以上に買ってしまった。

でも、『今のは妹さん？　とっても可愛らしいわねぇ』とか言われたら、多少奮発《ふんぱつ》してもしょうがないだろう。

それに、食材はたくさん買ってもすぐ消費されるし。ヒバリ達によってな。

◆　◆　◆

いろいろ買い込んでからヒバリ達の元へ向かうと、皆で楽しそうに買い食いしていた。

ヒバリが両手に持っていた食べ物をひとつ、俺に渡してくれたので、リグと分け合って食べる。

ええと、これは芽《め》キャベツの串焼き？　甘塩《あまじょ》っぱいタレがかかっていて、少し焦《こ》げたところが香ばしい。

「うん、野菜が甘くてうまい」

(*ﾟwﾟ*)

「シュッシュ〜」

「あとは全部食べちゃって大丈夫だぞ」

ヽ(・w・)ノ

「シュ！　シュ〜ッシュ」

この野菜の甘さの理由は、雪の下にでも埋《う》めているからだろうか？　ご機嫌《きげん》なリグに残りの串焼きをあげ、リグの口についたタレを拭《ぬぐ》った。

ヒバリ達も食べ終わっており、いったんログアウトをするために中央広場へ。

相《あい》も変わらず冒険者達は少ないけど、妖精達が飛び回っていて、楽しくはしゃぐ声に溢れている。

妖精も人みたいな存在だから、人が少ないってことはない……か？

いや、こういう解説はヒタキ先生の領分だからな。俺はノーコメントとしておこう。沈《ちん》黙《もく》は金、雄弁《ゆうべん》は銀だ。

いつものようにリグ達を労《ねぎら》ってからステータスを【休眠】状態にし、ヒバリとヒタキにし忘れたことはないか聞いて、【ログアウト】ボタンをポチリ。

まぁ、今日は夕飯を食べたあともログインするから、後回しにしても良いんだけど。

とにかく忘れちゃいけないのは、リグ達を【休眠】にすることだな。忘れると俺達がログインするまでその場で待機になるみたいだし。

◆◆◆

意識が浮上する感覚に目を開くと、涎《よだれ》が口端《くちは》に光る雲雀と、お行儀《ぎょうぎ》良《よ》くクッションにもたれかかる鶲が目の前にいた。

とりあえずヘッドセットを外したら、雲雀の前にティッシュを置いてやろう。

続けて起きた双子は元気よくヘッドセットを外し、ググッと気持ちよさそうに背伸《せの》び。

それ、本当に気持ちいいよな。

「んん～っ！　結構遊んだと思ったけど、まだそんなに時間経《た》ってないのが驚きだよね」

「ん、驚き。最新技術はヤバいね」

「ねぇ～」

楽しそうにお喋りしている2人にヘッドセットを渡して片付けを任せ、俺はいつものように、食器を洗うためにキッチンへ向かう。

エプロンをして無心で皿洗いしていると、カウンターの向こうから雲雀が顔を出し、モジモジしながら俺に問いかけてきた。

「ね～、つぐ兄ぃ～、夕飯食べ終わったら、またゲームしてもいいよね？」

「ん？　もちろん」

「えへへ、聞きたかっただけ！　邪魔《じゃま》してごめんね」


　俺が手を止めずに返答すると、雲雀は嬉しそうに笑い、２階へ上がっていく。

　一方の鶲は、リビングでテレビにかじり付いていた。

　あれは、お昼の２時間サスペンスドラマ？　なんで？　普段はあまり興味を示さない鶲なので、俺も俄然《がぜん》興味が湧いてしまう。

　ここ最近で、一番速いスピードで食器洗いを終わらせ、俺も鶲の隣に座ってテレビを見る。番組はまだ始まったばかりだった。

「真剣に見てるけど、面白《おもしろ》いのか？」

「……ん、見るつもりはなかった。けど、なんか、メロンパンで殺人が発生した。から、見るしかないと思った」

「その次は焼きそばパンで殺人が発生するらしい。とても興味をそそられた。いつもは見ないのに」

「え？」

「……なんか、最近の推理《すいり》系ドラマはすごいんだな」

俺もやることはあるんだけど、大至急の案件はないので、なんだか混沌《こんとん》とした設定を鶲に教えてもらいつつ、２人でドラマに没頭《ぼっとう》した。

やがて10分くらいしたら、２階から雲雀が降りてきて、俺の隣に座って一緒にドラマを見始めた。

どうやら鶲も２階に来ると思っていたのに、いつまでも来ないので、慌てて様子を見にきたらしい。分かってはいるけど、寂《さび》しがり屋か。

やはり雲雀がいると賑やかで楽しい。推理しながらワイワイするのも醍醐味《だいごみ》だな。

そんなこんなで２時間ドラマを２本も見てしまい、かなりの時間が経過した。

楽しかったから良しだけど、そろそろお腹の虫が鳴き始めるだろう。

ＣＭ中に持ってきた飲み物のコップを持って立ち上がり、雲雀と鶲に話しかける。

「なぁ、夕飯なに食べたいとかあるか？」

「んん～ん、んんん～」

雲雀が眉に皺《しわ》を寄せ、一生懸命《いっしょうけんめい》考え始めた。

妹任せも悪いので、俺も冷蔵庫の中身を思い浮かべて悩む。

自分の食べたいものが一番、って言われてるけどね。それでも献立《こんだて》を考えるのはいつも悩んでしまう。

お兄ちゃんは、妹達が食べたいものをできるだけ用意したいんだよ。できるだけ。

悩みながら歩いてキッチンの流しにコップを置き、カウンター越《ご》しに、ソファーへ座る2人に問いかける。

「うどんだって飽《あ》きただろう？」

「飽きてはいない。焼きうどん野菜ましましは？」

「あ！　それいいね！　賛成！」

キメ顔をこちらに見せながら鶲が答えると、雲雀が勢いよく立ち上がって賛成した。

俺も、最近食べていないな、と同意。冷蔵庫にある食材も使えるし。

うどん、豚肉、キャベツ、タマネギ、ニンジン、鰹節《かつおぶし》。あとはめんつゆで味付けして、飲み物はさっぱりしたいから、水出しのストレートティー。

そうと決まれば、手早く夕飯の支度《したく》に取りかかろうと思う。あっという間に暗くなるからな。


「やっきうどん焼きうどん～♪」


作業していたら、少しばかり音程の外れた雲雀の鼻歌が聞こえてきた。なんだか久しぶりに聞く気がする。

ご機嫌な雲雀はソファーで、鶲と一緒にパソコンで調《しら》べ物をしているらしい。

それを聞きながら、俺はニンジンを短冊《たんざく》切《ぎ》りにするか。

タマネギはくし切りだし、キャベツは千切《ちぎ》って構わない。

乾麺《かんめん》なので、まずうどんを煮《に》る。固い野菜から炒め、うどんも投入し、目分量でめんつゆを回し入れ、味を整《ととの》える。

出来上がったものを雲雀と鶲に運《はこ》んでもらい、自分も3人分の飲み物を持って席に着いた。

昔は、目分量はちょっと難しいと思ってたけど、今では片手間にできるようになった。

俺も成長したんだな……と思えるくらい、今日の味付けは美味しい。目分量最高。たまに失敗するのは秘密だけど。

結構な量を用意したんだけど、育ち盛《ざか》りの雲雀と鶲にはチョロかったようで、あっさり食べきってしまう。

「ん、つぐ兄ごちそうさまでした」

「んん～っ、今日も美味しかったよ、つぐ兄ぃ！」

「はは、ありがとう」


見てるこっちも釣《つ》られてしまいそうな、いい食べっぷりだった。

作り甲斐《がい》のある妹達でなにより。

今回は、雲雀が一緒にキッチンの流しへ食器を持っていき、鶲がゲームの用意をしてくれた。

後片付けはいつも通り、ゲームが終わったら、ということで。

鶲に渡されたヘッドセットをかぶりつつ、いつものポジションに座ると、雲雀もササッと座って満面の笑みで俺に話しかける。

「うへへ、つぐ兄ぃログインどぞ～！」

「はいよ。じゃあ、ログインするぞ」

ゲーム楽しいもんな。早くやりたいよな。

や〜めた、とか言ってみたくもなるけど、それは真の意味で最悪だからやめておこう。

普通にダメだ、うん。そんなことを思いながらボタンをポチリ。

◆　◆　◆

爽やかな緑の香りが鼻腔《びこう》に触《ふ》れる。

目を開けた俺は、リグ達を喚《よ》び出す前に一度深呼吸して、美味しい空気を楽しんだ。

リグ達を出現させていると、一足遅れてヒバリとヒタキもログインしてくる。

ゲーム内の時刻は、お昼前ってところか。

「ツグ兄ぃ、今回はひたすら移動するよ！」

「ん、移動日和《びより》。頑張って移動しよう」

(*'ェ'*)b
「めめっめめぇめ！」

とても楽しそうなヒバリと、それに同調したようなヒタキ。ついでにメイも。

この大陸は広いので、移動するにも一苦労。でも、旅が楽しいのも事実なので、ヒタキの言葉通り頑張って移動しよう。とりあえず世界樹から下りないとな。

頭に乗っていたリグをフードの中に入れ、小桜と小麦の頭を軽くひと撫《な》でしてから歩き出す。

来たときと同じように魔法陣に乗ると、すぐに輝き出し、視界がグンッと動く感覚がした。次の瞬間、下の聖域に帰ってくることができた。

門を守っている門番は違うエルフになっていたけど。まぁ当たり前か。

いったん大通りに行くと人が多く、久しぶりの混雑具合に、なぜか少し感動してしまう。

まぁそれはそれとして、大通りから中央広場に移動して、一息入れてからヒタキに話しかけた。

「ヒタキ、また機関車に乗るのか？」

「ん、乗る。まずは駅に行く。そして、行けるところまでの切符を買って機関車に乗り込む」

「お、おぅ」

こういうのは大事だから、何回でも確認したほうがいいと思う。多分。

人波に悪戦苦闘《あくせんくとう》しつつ駅へ向かい、ヒタキに手伝ってもらい目的の切符を買った。

今回は3つ先の駅まで行くんだけど、駅の間隔《かんかく》が広いため、丸1日の旅になりそうだ。

人の少ないところでメイ達と待っていたヒバリと合流したら、出発まで少し時間があったので、上の階にあるフードコートで時間を潰《つぶ》す。

近所のデパートにあるフードコートって感じで、なんだか落ち着くのはご愛嬌《あいきょう》。

イカ焼きのようなもの、タコ焼きのようなもの、綿飴《わたあめ》のようなものと、様々な食べ物が売っている。もはやお祭りかもしれない。

溶《と》かして糸状になった砂糖《さとう》を、棒に巻き付けた綿飴を食べ、ヒバリ達も大満足。

ふとウインドウを開いて時間を確認すると、ちょうどいい感じ。


「そろそろ時間になるから移動するぞ」


まったりしていたヒバリ達に話しかけ、下の階に降り、指定の蒸気機関車を探す。

ええと、切符には3番ホームと書かれているから……こっちか。

現実世界ではあまり電車に乗らないが、迷子《まいご》になることもなく、無事に自分達が乗る機関車を見つけることができた。


「今回もBOX席だからゆったりだね」

(∩´w`)∩

「ん、快適な旅は冒険者にとって大事」

「シュッシュ！」

双子の言うとおりだな。予約したＢＯＸ席で、俺もゆったり旅を満喫《まんきつ》しようと思う。

あ、他の人が寒いから、今はいいけど走り始めたら窓を閉めるように。

「ん～、今からたっぷり時間があるから、これからの道を、ひぃちゃんが語ってくれるよ！」

「……ヒバリちゃん、簡単だから自分が話してもいいんだよ？」

窓際《まどぎわ》のヒバリは小麦を膝《ひざ》に乗せ、少し考えるような表情を浮かべたが、結局はいつも通り、目の前のヒタキに丸投げした。

小桜を膝に乗せたヒタキの返事は慣れたもの。まぁ、適材適所なのは分かるけどな。

「ふっふっふ、それは無理な相談さ」

「むぅ、胸張って言うことじゃないよ」

「ひぃちゃんが説明したほうがいいって思うのはホントだよー？」

クスクス笑いながらじゃれ合う2人だったが、振動と共に機関車が動き出すと、同時に窓へ視線を向けた。

メイをヒバリの隣に座らせ、俺も空《あ》いた席に座り、リグを膝の上に乗せた。

雪の積もった森があり、大きな動物や魔物の群《む》れがいて……という、同じような風景が続く。

代わり映えがしないので、1時間程度で見飽《みあ》きてしまうのも仕方ない。

双子も飽きたのなら、さっき言っていたこれからの行程を是非《ぜひ》とも教えてほしい。一応、俺も聞いておいたほうがいいと思うんだ。後学《こうがく》のために。

ちょうど通りかかった車内販売の人を呼び止め、新鮮野菜のジュースなるものを購入《こうにゅう》して、飲みながらお喋りタイム。

牛乳と砂糖で味を整えた青汁って言えばいいんだろうか？　飲みやすいし、ジュースと言っても過言《かごん》ではない。

「ん、私達が目指すのは空中都市フェザーブラン。聖域があるこの大陸より、ちょっと北北東に離《はな》れた島。1日機関車に乗って3駅進んでも、距離にして6割くらいしか進まない。土地が広いから仕方ないけど」

「なんかね、空中都市は天使族の知り合いがいないと、中に入れないんだって。私がいるから大丈夫だけどね！」

「あとの４割は犬ぞりで移動しようと思ってる」

「『月食《つきは》みの犬ぞり』ってところがいいね、ってひぃちゃんが選んでくれました。犬ぞり初体験だから楽しみ！」

ヒタキにどうぞどうぞ言っているのに、ヒバリがちょくちょく合いの手を入れる。そんな怒濤《どとう》のお喋りに、俺は頷くことしかできなかった。

でもなんとなく分かったので良し。俺も結構ゲームに慣れてきた感じがする。

ちなみに犬ぞりは俺も初体験。むしろ体験したことのある人のほうが少ないかも？

そのあとは出現する魔物についてや、雪の下に生《は》えるたくましい薬草についてなど、いろいろなことを話しながら時間を潰した。

明るいうちは周囲の乗客も賑やかで、お喋りを楽しめたけど、暗くなってきたら当然寝始める人が増え、俺達は静かにしていた。

まぁ、ウインドウを開いてチャットすればいいんだろうけど。

暗い車内に、ＮＰＣの人達の奏《かな》でる寝息が響いている。

俺達のような冒険者は、声を潜《ひそ》めて話しているか、ウインドウを開いてステータスを見ているか、チャットや掲示板を見ているか。

窓から入ってくる月明かりに照らされ、船を漕《こ》いでいるヒバリを見ていたら、ヒタキがコソッと耳打ちをしてきた。

「ツグ兄、窓の外見て」

「ん？」

ヒタキの言うとおり外に目を向けると、真っ暗ながらも、なんだか白い塊《かたまり》がいるなぁ……と。

「多分、雪の妖精。ふわふわして可愛い、らしい」

「速度出てるから、白い塊にしか見えないけどな」

「ふふ、確かに」

楽しく雪で遊んでいるんだろうけど、このスピードではよく分からない。でもヒタキが嬉しそうだからいいよな。一緒にまったりと眺める。

システムでアラーム設定ができるから寝ててもいいんだろうけど、ヒバリとヒタキがいるからちょっとね。

周りの人達を信用してないってわけじゃないけど、俺は2人の保護者だから。

ふらっと途中下車の旅をしようにも、それができない切符を買ってしまったんだよな。

また機関車に乗る機会はあるってヒタキは言ってくれるが、未来のことは分からん。

そうして、俺達が下車する駅にたどり着いたのは、出発した翌日のお昼前だった。

双子とペット達が体を大きく伸《の》ばす。

「んん〜、ずっとじっと座ってるのは性《しょう》に合わない」

「めめっめぇめ！」

(;>ェ<)

「ここは駅街と言うより村、って言ったほうがいいかも」

「はぁ〜……凝《こ》りがほぐれる感じがするぅ」

「シュッシュ〜」

(*´w`*)

俺達が下車した駅は、田舎《いなか》の、屋根がないコンクリートむき出しの駅、って感じ。

積もった雪はきちんとかき出され、切符は村唯一の道具屋にて販売中、との看板も出ている。

魔法の力で動いている機関車は、雪が積もっていても気にしないみたいだし、とりあえず俺達はいつものところに向かうとしよう。

噴水はないけど、村の中心部には小さな花壇《かだん》と女神《めがみ》エミエールの像があり、世界樹の聖域よりも活気がある。

ええと、人々が暮《く》らしているってことは生業《なりわい》がなにか……って、犬ぞりって言ってたじゃないか。きっと普通の犬じゃないんだろうなぁ。

◆　◆　◆

和気《わき》あいあいとした村をぐるっと見渡し、隅にあるベンチに腰掛けて一息。

今すぐ出発しないといけないわけでもないし、なんだか時間が微妙《びみょう》だ。

結局、犬ぞりで出発するのは明日にして、今日はこのあたりで楽しんでからログアウトに決定。

「そうそう！　そう言えば、街や村の規模で、ギルドや作業場の規模が変更されるようになったらしいね」

「あ、言われてみれば、ここのは小さいな」

「ふへへ、小さいギルド可愛いよねぇ」

あまり見ることがなくなってしまったゲームのお知らせを、ヒバリ達はきちんと見ているらしい。

確かにこの村は規模が小さく、駅も無人駅。

よってギルドも都市で見るような大きなものではなく、3分の1程度のこぢんまりとしたもの。

必要最低限って感じか。ギルドや作業場のない集落なんかがあっても、リアリティがあっていいと思う。

プレイヤー冒険者をチラホラ見かけるが、彼らも空中都市へ向かっているのだろうか？　でもヒバリのような、天使系の職業の人はいないように見える。

あ、羽は装備品《そうび》扱《あつか》いだった。必要なとき以外はしまっているのかもしれない。

さて、座っていても時間が過ぎてしまうだけだ。ヒバリとヒタキが勢いよく立ち上がるのに合わせて、俺も立ち上がった。

周囲には片手で数えるほどしか店がないけど、2人は楽しいことを見つける天才なので、面白い場所に連れて行ってくれるだろう。俺はついていくのみ。

「こんなに雪が積もってるの見てたら、雪だるまとか、かまくらとか作ってみたくなるね！　作ったことないけど」

ゆっくりとした足取りで歩いていると、ヒバリが雪を見ながら唐突《とうとつ》なことを言い出した。

いや、唐突じゃないか。シロップかけて食べたいって言い出したらアレだけど、割りと普通なことを言ってるな。

確かに村から少し離れて遊ぶのもいいかも。時間はいっぱいあるからね。

「ん。その前にファンタジーのアイテムショップ。心が躍《おど》る」

「それね。うんうん。楽しいよね」

俺達が立ち寄ったのは、雑貨を中心としたアイテム屋で、小さな店舗《てんぽ》に雑多《ざった》に品物が並ぶ様《さま》は圧巻の一言だった。

こんなに物が溢れているのに、なにがどこにあるのか把握《はあく》している店主はすごいと思う。

俺達が店内にいると、狭い通路がさらにぎゅうぎゅう詰《つ》めになるから、早めに買うものを選んでさっさと退出しないと。

俺は食器とか水筒《すいとう》を選んだ。料理の際、割りと使用頻度《ひんど》が高いからね。特に水筒は、汁ものを入れておくのに便利で最近なにかと使う。

ヒバリとヒタキは……塩カル？　なんで？

塩化カルシウム、通称塩カル。雪が降りそうだったり地面が凍《こお》りそうになったりしたとき、撒《ま》いておくと融雪《ゆうせつ》効果を得られるひと品。

なんでアイテム屋に塩カルがあるのか分からないけど、ヒバリとヒタキが楽しそうだからいいか。

「むふふ、じゃあ外で遊ぼう！」

「ん、魔物はいるけど私達は冒険者だから大丈夫」

「めめっめぇめ！」

(*´エ`*)

申し訳ないけど他に見るところがないし、うろうろしているのも邪魔にしかならない。となると、やることはひとつしかない。さっきも言ったとおり雪で遊ぶこと。

俺達が現実世界で住んでいるところはほとんど雪が降らないから、楽しくなっちゃうのも分かる気がする。

小さな村なので、すぐに村の外へ出た。

ゲーム設定のおかげで寒さは感じないけど、雪に足を取られるのはどうしようもない。

しかしヒバリとヒタキはそんな状況すら楽しんでおり、俺は彼女達についていくのに必死だった。

「まずは周囲の魔物を狩って、安全が確認できたら雪だるまを作って遊ぼう？　きっとすごく楽しいと思う！」

「ん、遊びと実益とを両立させるのは大事」

村からある程度離れたら、ヒタキ先生に【気配探知《たんち》】スキルを使ってもらい、魔物を探す。遠くにはいるみたいだけど近づいてくる様子が見られず、放っておこうと決めた。肉食系の魔物じゃなく、草食系だったからってのもあるけども。

とりあえずの安全地帯を確保した俺達は身体《からだ》の力を抜き、リグを雪の上に下ろした。

「よし、おっきい雪だるま作るぞー！」

「おー」

ヒバリとヒタキがなにやら話しているなぁ……と思いながら、俺はじゃれ合うリグ達を見て癒《い》やされていた。

「……と、その前にばふ～ん！」

ヒバリがいきなり雪の上に身を投げ出したので、思わずそちらを見る。しかも背中からじゃなくて顔からか。

雪まみれになった顔を左右に振って、雪を払うヒバリ。その顔は楽しさに溢れ、輝いていた。

「ふごごっご、むふ。天使の羽～、ってやりたかったんだよね」

手足をバタバタと動かせば、羽を持つ天使のシルエットが完成。

これ、かなり昔に流行《はや》った気がする。雪が降らないとできないから、今やるのはありかもしれない。

「背中に生えてるけど？」

「生えてるけど！　ひぃちゃんもやろうよぉ」

えーって感じの返事をしていたヒタキも、柔らかそうな雪の誘惑には勝てなかったようだ。背中の羽をいったんインベントリへ収納し、背中から雪に身を投じた。

ボフッと音を立てて着地したヒタキは真《ま》っ直《す》ぐ空を見上げてから、俺のほうを見てニヤリと笑う。

いや、俺はさすがにやらないよ。

寝転《ねころ》がって雪を堪能《たんのう》するヒバリとヒタキに、じゃれあって仲良く遊ぶリグ達。

俺もしゃがんで雪を掴み、両手を使ってにぎにぎ。

形を整えたら、笹《ささ》に似た葉を2枚、南天のように赤い実をふたつ取り付け、ちょっと歪《いびつ》な雪うさぎの完成だ。

【ちょっぴり歪な雪うさぎ】
少しばかり歪だけど、可愛らしいお手製の雪うさぎ。緑の耳と赤い目がチャームポイント。錬金士《れんきんし》が作ったので使い捨てになるが、MPを流せば使い魔として時限で使役《しえき》できる。レア度2。
【製作者】ツグミ（プレイヤー）

なんだか面白いものが出来た。時限でもなにかの役に立つかもしれないし、いくつか作っておいてもいいかも。

MPを流すって、スキル【MP譲渡《じょうと》】のことだよな？　このスキルを持ってない人には無用の産物か。よかったよかった。

次に、リグ、小桜、小麦用の小さなかまくらを頑張って作ってみたものの、結局小さな雪山にしかならなくて、ガックリ肩を落とす。

なんだかんだ言っても、俺も雪遊びを結構楽しんでいた。


「ええ？　う、うわっ！　へ、へるぷみー！」

「ふ、不覚……」


ピョンピョン飛び跳《は》ねていたヒバリとヒタキが、柔らかい雪に腰までズッポリとハマっている。なにやってんだ。

心底楽しそうに飛び跳ねつつ雪にハマったので、ヒバリとヒタキの落ち込み具合は相当なものだった。


「我々は雪国育ちではないゆえ、多少のハプニングは致《いた》し方なし。魔物はいないから大丈夫。だ、だいじょうぶ……？」

「ひぃちゃん、我々は敗北したのだ」

「……寝る前に反省会したほうがいいかも」

「そうだね。議題は雪ではしゃいだ件について、で」

なんだか反省会が開かれるらしい。まぁ、夜更《よふ》かししなきゃお兄ちゃんは気にしないぞ。

ヒバリとヒタキの脇《わき》の下に手を差し込み、全身を使って雪から引っこ抜くこと2回。

リアリティ設定が低いおかげで、全身ずぶ濡《ぬ》れの刑にはならなかった。その代わりと言ってはなんだけど、ヒバリとヒタキの心が折れた。

時間も頃合いなので、そろそろログアウトしてもいいかも。

◆◆◆

安全地帯の広場に行くため、皆でゾロゾロと村の中へ。

一見ただ雪に塗《まみ》れてきただけだけど、実際はそんなことないぞ。

通りを歩いていると、老婆《ろうば》が珍《めずら》しいものを並べていた。ヒバリとヒタキに断《ことわ》ってから老婆に話しかける。

「すみません。これ、高野豆腐《こうやどうふ》ですか？」

『おや、私達はしみ豆腐って呼んでいるよ。冒険者の人はあまり興味を持たないけど、買ってくれるのかい？』

「あ、はい。もちろん」

高野豆腐とは、簡単に言ってしまえば、豆腐を凍らせてから乾燥《かんそう》させた食品のこと。凍り豆腐、しみ豆腐とも言うな。寒中の戸外《こがい》で凍らせて作る保存食だ。

この村は1年の大半が雪に覆《おお》われているみたいだし、もってこいの環境《かんきょう》なのだろう。

最近は、プレイヤーが作った機関車ギルドによって、物流の利便性《りべんせい》は飛躍的《ひやくてき》に向上した。

そして料理ギルドのプレイヤー達が、長期保存の利《き》く方法を教えてくれている。

そんな話を老婆から聞きながら、俺は手作り感の溢れる食材を買っていった。

家庭で余ったものをこうやって並べ、冒険者に売っているだけだから、そんなに数はないんだけどね。

『お嬢ちゃん達は、凍らせた果物のほうがいいかねぇ』

俺の後ろにいるヒバリとヒタキに向けて、老婆が穏《おだ》やかな笑みを浮かべ、円形の笊《ざる》に果物を転《ころ》がした。

「果物！」

「これは、かの有名な釘《くぎ》を打てるバナナ！」

2人がとても良い反応をした果物は、温暖《おんだん》なところでしか育たないはずなんだけど……。まぁツリーハウスにも果物はあったし、そういうことなんだろう。

「このバナナと、あとその隣のも」

暖《あたた》かな地方で買うより割高ではあるけど、下処理はきっちりされていた。

最近、いろいろ購入するばかりで料理をしていなかったりもするけど、インベントリの保存能力が優秀《ゆうしゅう》すぎるのがいけない。

今度時間が余ったときはちゃんと料理しようと心に決め、老婆と別れて、俺達は当初の予定通り広場へ向かった。

ちなみにバナナはカチコチに凍っているから、2人はその場で食べたそうにしていたけど断念《だんねん》した。火の側《そば》に置いて溶けるまで待つか、半解凍《はんかいとう》してから棒に刺し、焦げ目がつくまで焼くといいらしい。

定説だよな。でも、スタンダードだからこそ美味しい。チョコがあればチョコバナナとかいいかもなぁ。

広場に着いた俺達は隅のほうへ行き、いつものようにログアウトの準備をする。忘れ物がないかの確認とかね。

口うるさいのは保護者代わりである俺の役目だから、これはやめられない。

確認したらリグ達を労い、ステータスを【休眠】にして、俺達もログアウト。

明日はヒバリもヒタキも学校だから、早めに寝ないとな。

◆
◆
◆

目を開くと、すぐ側に雲雀と鶲がいた。

俺が壁掛け時計で時間を確認したり、凝り固まった身体を解したりしていると、双子も目を覚《さ》ました。

俺と同じように、気持ちよさそうな伸びをする双子にヘッドセットを渡し、片付けを任せる。

俺はキッチンで食器洗いを。やる気があるときにやらないと。

「明日の準備は終わってるけど、もう1回確かめないとね！」

「ん、確認は大事。私も確かめる」

「あ、そうそう。つぐ兄ぃ、先にお風呂入るね」

雲雀と鶲が食器を洗っている俺の側に寄ってきて、2階に行くのか風呂に行くのか分からない感じで話しかけてきた。

「おー。ちゃんと肩まで浸かるんだぞ」

「ついでに10まで数える。任せて」

俺も、食器を乾《かわ》いた布で拭きながら軽く返事。

すると、鶲が片手の親指を高く掲げて、良い笑顔を見せてくれた。

俺はそのあと、資源ゴミを集めたり、お休みの挨拶《あいさつ》に来たホカホカ双子に水分補給《ほきゅう》させたり、残り少ないお仕事を終わらせたりしていた。

そして戸締《とじ》まりの確認をしてから風呂へ。

最後に入れば、風呂桶《おけ》の掃除もできるし、洗面所の掃除もできるし、洗濯もできる。

ただし湯冷《ゆざ》めに気をつけないと風邪《かぜ》を引くけどな。

自分の部屋に戻ると、携帯《けいたい》のランプがチカチカと点滅《てんめつ》していた。

ベッドに座って画面を覗くと、先ほど納品したお仕事の『とりあえずＯＫ』メールだった。

これで一段落かな。修正もあるだろうし、追加が来るかもしれない。あとは応相談で。

「……にーにはにーとなのぉ？　だっけ」

俺は昔からずっと家にいたから、双子がそんな風に言ったこともあったっけ。友達にそう言われたらしいが、それを聞いて少しグッとなったのは内緒。いいんだ。雲雀と鶲が健《すこ》やかに育ってさえくれれば。お兄ちゃんはこの仕事が性《しょう》に合ってるし。

今は友達から「羨《うらや》ましい」とか言われるそうだ。よく分からんけど。

「ま、さっさと寝るか」

早く寝ないと、寝坊して朝食を作れなくなってしまうかもしれない。

2人からもらった目覚《めざ》まし時計をかけ、俺は布団の中に潜《もぐ》り込む。

今日は少し熱めのお風呂だったから身体がポカポカしており、ただでさえ寝入《ねい》るのが早いのに、目を閉じたらすぐ意識を失った。

R&M攻略掲示板

【アットホームな】LATORI【ギルドです】part8

（主）＝ギルマス

（副）＝サブマス

（同）＝同盟ギルド

1:棒々鶏《バンバンジー》（副）

↓見守る会から転載《てんさい》↓

【ここは元気っ子な見習い天使ちゃんと大人しい見習い悪魔ちゃん、生産職で女顔のお兄さんを温かく見守るスレ。となります】

前スレが埋まったから立ててみた。前スレは検索で。

やって良いこと『思いの丈《たけ》を叫ぶ・雑談・全力で愛《め》でる・陰《かげ》から見守る』

やって悪いこと『本人特定・過度《かど》に接触《せっしょく》・騒ぐ・ハラスメント行為・タカリ』

紳士諸君《しんししょくん》、合言葉はハラスメント一発アウト！

代理で立てた。上記の文はなにより大事！

・

・

・

789:コンパス

にちようびだというのにげーむですか。とてもゆういぎなすごしか

ただとおもいます！　きょうもいきててえらい！　ひとはこきゅうするのにもちからをつかうからね！　（げっそり）

790:氷結娘《ひょうけつむすめ》

>>782　それは言わないお約束だぜ旦那《だんな》。

791:中井

今日も世界樹なら俺は大人《おとな》しくしてないとなぁ。

792:甘党

うあああ、充電して明日に備《そな》えないと。ロリっ娘《こ》ちゃ～ん！　私の癒やしは君達が握っていると言っても過言じゃないよぉ！

793:さろんぱ巣《す》

>>785　今日も今日といつも通りだと思われ。
ロリっ娘ちゃん達が突飛《とっぴ》な行動しなきゃ、だけど。
どうあろうと我々はついて行って守るだけだけども～。癒やされるだけだけども～。

794:白桃

雪国で遊ぶの楽しい。今年の家族旅行は北海道にしようかな。旅行の下見ができるゲーム、R&M。ただし国内のみ。

R&M攻略掲示板

795:ナズナ

早くログインしてくれないかなぁ。wktk。

796:夢野かなで

犬ぞりもふもふ。

797:ヨモギ餅《もち》（同）

>>782　まぁ確かに。たしカニ。かにかに。蟹《かに》。

798:かるぴ酢《す》

あ、ロリっ娘ちゃん達ログインしたよ！　数人でしか見守れないけど者どもであえであ～え～。

799:餃《ぎょう》子《ざ》

なんかシャーベットスライムってのに出会ったんだけどレア魔物ですかね。一生懸命逃げるから可哀想になって森まで逃がしたけど。突っついたのはご愛嬌。

800:sora豆

ロリっ娘ちゃん達と妖精のコラボとか神ゲーかよ。１００円ガチャ課金します。とりあえず１０００円分。お礼課金。

書き込む　全 部　＜前100　次100＞　最新50

R&M攻略掲示板

801:黄泉《よみ》の申し子

>>789　それはかなしみすとりーむなのです。

802:魔法少女♂

>>794
北海道サバイバルシミュレーションの極寒《ごっかん》サバイバルズもお試しあれ☆☆★旅行に全く関係ないけれど★会社は伝説サーガってところ。難易度《なんいど》が鬼畜《きちく》なことで有名だよ♡♥♡

803:フラジール（同）

友人に頼まれて氷と雪を取りに行かないといけなくなっちゃったなぁ〜。あ〜通り道にロリっ娘ちゃん達がいるかもしれないなぁ〜。こりゃ仕方ないわなぁ〜。ぐふふ。

804:ましゅ麿《まろ》

>>800　おふせはだいじ。

・

・

・

861:密林三昧《みつりんざんまい》

>>857　昔のVRはゲームの中に入ると言うより、画面を間近《まぢか》で見てるだけって感じ。びみょい。びにょいしぎう。

書き込む　全部　<前100　次100>　最新50

R&M攻略掲示板

862:わだつみ

>>853　ば、バナナは、バナナはオヤツに入りますか!?

863:こずみっくZ

美味しいものを食べるためため我々は旅に出る（１人旅）

864:焼きそば

おれ、いっしょうろりこんでいいや。

865:黒うさ

>>849　今更だけど、世界樹の葉っぱを高レベルの生産職の人に調合してもらうとＮＰＣも生き返らせられる蘇生《そせい》薬の出来上がり。まぁその他の高級素材も必要だし、滅多《めった》に出回らない。労力に合わないみたいだし。エンドコンテンツ的な？

866:空から餡子《あんこ》

うがー！　やることが多い！　やりたいことも多い！　幸せで贅沢《ぜいたく》な悩みだけど多すぎるのも大変でござる！　変態《へんたい》でござる！

867:コンパス

妖精さんに果汁を固めた飴《あめ》あげたら懐《なつ》いてくれた。犬猫扱いして悪いとは思うけど可愛くてやめられねぇ。この世の楽園はＲ＆Ｍに

書き込む　全部　<前100　次100>　最新50

R&M攻略掲示板

あったんや。しあわしぇしゅぎゅ。

868:パルシィ（同）
>>860
５０人以上いるギルドが対象みたいですな。

869:田中田
割り符《ふ》の条件がよく分からないっす。ぐぬぬ。

870:iyokan
こう、なんか芽生《めば》えてきそう。こ、これが、母性？

871:つだち
現実は無情なり。今日のご飯はちらし寿司なり。

872:もけけぴろぴろ
>>861　聞いたことある！　家の中を認識して歩き回ったりしてたって。家狭いと大変そうだなぁ、って思いましたまる。

873:さろんぱ巣
こんなに頑張って探検しても、まだまだ知らないことばかり。あと半世紀は遊び倒せるね！　（個人の感想です）

書き込む　全部　＜前100　次100＞　最新50

874:ＮＩＮＪＡ（副）

しばらく会っていなかったニンニン仲間に彼女が出来ていたでござるよ。さすがに傷有り金髪巨乳ではないでござるが、家庭的でおっとりとした子でござった。末永く爆発して欲しいでござる。

875:プルプルンゼンゼンマン（主）

>>862　実は入らないんだ。デザートだからな！　諸説《しょせつ》あるけど自分は入らないと思ってる。ごめんな。

876:フラジール（同）

うぅ～ロリっ娘ちゃん達早く降りてこないかなぁ。

877:餃子

>>864　おれもおれも！

878:かなみん（副）

ロリっ娘ちゃん達がまったりと過ごしているので良しとして、私達は新《あら》たなプランを立ててもいいと思うの。強《し》いて言うなればギルドメンバー育成計画的な？　いつもやってる気がするし、なんだか似たり寄ったりな気もするし、脳筋《のうきん》ギルドになりかけてる気もする。でも偉い人は言うのです。力があればなんでも出来る。ないよりあったほうが断然《だんぜん》いい。と言うわけで詳細まとめて

R&M攻略掲示板

メッセージ送るよ。趣味《しゅみ》のためなら脳みそ筋肉でもいいよねっ！ねっ！！！！！！！！

879:ちゅーりっぷ
ログアウトしたらいつも通りかなぁ。お腹空《す》いたっぽいし。

880:かるぴ酢
わたくしめの夕飯はコンビニですぞ。

881:魔法少女♂
>>874　ＮＩＮＪＡ汁ふ★け☆よ★☆★

・

・

・

914:黒うさ
>>905　エクスカリバーは１本だろうと１０本だろうと１００万本だろうといいと思う。いっぱいあると皆幸せ。使えれば。

915:ナズナ
機関車ギルドの人達、楽しそうでこっちも楽しくなってくるぜ。

書き込む　全部　＜前100　次100＞　最新50

R&M攻略掲示板

916:もけけぴろぴろ

ロリちゃん達は移動か。聖域の大陸は面積広いからね。仕方ないね。俺達はどこまでもお守りするぞぃ。今側にいないけど心はってことでよろしく。

917:iyokan

>>909　実はそうなんだ。オモシロイダロー。

918:つだち

かまくら作り職人と言われる俺の手腕が遺憾《いかん》なく発揮《はっき》されている！　雪国生まれじゃないけど、生まれは平野だけど、ＶＲやるまでほとんど雪見たことなかったけど！　たんのじぃ〜！

919:こずみっくZ

>>912　なでポかよ。面白くなってきやがった！

920:わだつみ

明日はログインできないかもしれない。ごみんよー。

921:中井

ロリっ娘ちゃん達も犬ぞりで移動するのか。わんわんお。わんわんお。もふもふ天国にロリっ娘ちゃん達とか俺達の天国はここですか。

書き込む　全部　<前100　次100>　最新50

R&M攻略掲示板

922:棒々鶏（副）

雪女みたいな魔物にさっき会った！　めっちゃ綺麗な魔物で、中立らしくて少し話し込んだ。冒険者がこの大陸にも流れてきて対立系の魔物倒してるから、子育てがしやすくなったとかなんとか。なんだかほっこりしてしまったんだぜ。恥ずかしくも嬉しいんだぜ。

923:ましゅ麿

>>914　エクスカリバーは勇者か聖騎士しか装備できなかった気がする。あと良い合成素材にもなったかな。多分。

924:フラジール（同）

ロリっ娘ちゃん、あぁロリっ娘ちゃん、ロリっ娘ちゃん。可愛い。一生楽しく遊んでる姿でご飯食べられると思う。おかずいらず。

925:夢野かなで

>>910　うんうん。見てるだけで幸せなものってなかなか無いよねぇ。だからこうやって見守りギルド作ったわけだし。うんうん。

926:甘党

明日早いので寝ます。お　や　す　み　な　さ　い　。

書き込む　全 部　<前100　次100>　最新50

R&M攻略掲示板

927:ちゅーりっぷ
ロリっ娘ちゃん達ログアウトしたら自分もログアウトします。

928:黄泉の申し子
ぶぐっ、可愛い姿を見てしまった。今後の活力にします。ありがとうロリっ娘ちゃん達。ありがとうR＆M。お布施《ふせ》します。好きなゲームにお金を落とすのは全国共通で大事なこと。

929:餃子
>>920　了解。リアルは大事だから気にしない気にしない。

930:氷結娘
おふせはいいぶんめい。

931:密林三昧
そろそろログアウトするかなー。

932:かなみん（副）
>>926　お　や　す　み　。
ちゃんとお腹出さずに寝るんだよ。痛くなっちゃうからね。

書き込む　全部　＜前100　次100＞　最新50

そんなこんなで、紳士達の会話は続いていく……。

◆　◆　◆

可愛らしい目覚まし時計に起こされて、俺はいつものように支度を調《ととの》えキッチンへ向かう。

最近の朝食は洋食だったので、今日は和食にしようと思う。

ご飯はすぐに炊《た》けるし、秘蔵《ひぞう》の鮭《さけ》とだし巻き卵、あとはシンプルな大根の味噌汁《みそしる》でいいか。

鮭は長期保存ができるもので、５切れで３９８０円もする高級品。

仕事で、緊急《きんきゅう》の大型案件を泣きながらやっていた知り合いを助けたら、入金と一緒にこれが送られてきたわけ。

お茶漬《づ》けやふりかけにしてチマチマ食べていたんだけど、今回食べたらおしまいだ。また食べたくなったら取り寄せしてみるか。

鮭のことに思いを馳《は》せながら朝食を作っていたら、鶲が軽快な足音と共に廊下《ろうか》に繋《つな》がる扉を開けて姿を見せた。

「つぐ兄、おはよう。これ持って行くね」

「おはよう鶲。ありがとう、熱いから気をつけてな」

キッチンカウンター越しに挨拶しつつ、出来上がったものを持って行ってくれる。

少し待っても雲雀が来ないってことは、今日の勝者は鶲か。

洗面所とトイレの争奪戦をしても、時間に余裕があるなら、楽しそうだからいいかって感じ。

料理に使ったフライパンは双子を送り出したあとに洗うとして、朝食をテーブルに並べ終えたし、そろそろ雲雀が来ないと冷めてしまう。

呼びに行くか行かないか悩んでいたら、元気よく雲雀が登場して、ご機嫌マシンガントークを始めた。

「んん～いい匂ぃ！　今日のご飯は和風だね！　いつも美味しいご飯ありがとう、つぐ兄ぃ。そしておはよう！」

ありがとうと言われて嬉しくないお兄ちゃんはいない。

「ほら、冷める前に食べるぞ。いただきます」

「ん、いただきます」

「いっただきま～す！　ん～っ、しあわしぇ」

　せっかく出来立ての料理があるのに冷えてしまったら悲しい。楽しくお喋りもいいんだけど、今は目の前の朝食に集中しよう。

　だし巻き卵は、だし加減と卵のフワフワ加減が最高だ。

　味噌汁は、大根がいい感じに歯ごたえを残しつつも柔らかく、味噌の濃《こ》さが俺好み。

　鮭は言わずもがな。つまりすごく美味しい。

　幸せそうな表情で朝食を食べる雲雀と鶲を見て、俺も幸せを噛《か》み締《し》め、朝食を平らげていく。

　昼は簡単なもので済ましてしまうからいいとして、そろそろスーパーに行って、食材を買い込まなきゃ。

　俺の作れるレパートリー的に、うどん祭りはもうやめたほうが良い、って主夫の勘《かん》が言っていた。

　雲雀と鶲から夕飯のリクエストを聞きつつ、食後の腹休めをしていたら雲雀が口を開く。

「美紗ちゃんと瑠璃《るり》ちゃんと私達で、お昼休みギルドの名前考えようねって約束してるんだ〜」

「ん、いわゆるがーるずとーく」

鶲も、雲雀の言葉に同意するように頷いた。

どうやら昨日の夜に、美紗ちゃんとメールをしたらしい。

彼女は頑張って頑張って頑張りまくって、明日――火曜日のログイン権を勝ち取ったそうだ。ゲームへの情熱が感心するほど凄《すさ》まじい。

「ギルドの名前は、雲雀達の好きにしていいからな。ええと、愉快《ゆかい》な仲間達……的なやつじゃなければ」

「ぜっ、善処《ぜんしょ》しまぁす」

楽しそうだから良いけど、以前に言っていたような、変な名前にはしないで欲しい。

そんな思いを込めて言うと、雲雀がしどろもどろといった感じで答えてくれた。なんで？

「あ、そろそろ行かないと！」

壁掛け時計を見た雲雀が椅子《いす》から勢いよく立ち上がった。その動きに連動して鶲が腰を上げ、俺も後に続く。

雲雀と鶲は今日も部活に出て、夕方に帰ってくるそうだ。

俺からの注意は、行き帰りの車に気をつけて……くらい。知らない人についていかない、とかもあるけど。

近所の人に挨拶をしながら学校に向かう雲雀達。その姿が見えなくなるまで見送った。

ついでにポストに入った新聞も取れるし、回収日にはゴミ捨てもできるので一石二鳥。

新聞を取り出して、家の中へ戻る。

新聞いらないかなぁ、って思うときもあるけど、チラシは欲しい。携帯で見ればいいんだろうけど、紙に慣れてしまったから、こればかりは仕方ないと思う。

雲雀と鶲にリクエストされた夕飯を作るべく、冷蔵庫の中をじっくり見て、広告チラシもじっくり眺める。リビングのソファーで。

「そろそろお米も買わないと……あ、小麦粉が安いからたくさん買って、パン作って……ピーマン、挽肉《ひきにく》、タマネギ、え？　今日は爆特市？」

アレもコレも安い。よく見ると、なんと俺がトキメキを抑《おさ》えきれない、特売の上をいく爆特市のチラシじゃないか。

数ヶ月に一度しかやらないんだ。これは、たくさん買って腕の限界に挑めということだな。うん。

まだスーパーは開いていないので、先に他のことをするとしよう。

朝食を食べたあとの片付けや、ローテーションにしている家の掃除を済ませたら、忘れがちな窓拭きをして、お昼頃からひたすら掃除機をかけよう。


「さて、テキパキ動かないとな」


ええと、雲雀と鶸に言わせると、りあるたいむあたっくだっけ？　そんな感じで頑張っていこう。

爆特市をやっているスーパーの開店時間は9時から。ちょっとだけ予定の出発時間が過ぎてしまった。

双子に美味しいものをお腹いっぱい食べさせるため、できるだけお得な食材を多く買うため、俺は素早く準備してスーパーへ向かう。

歴戦《れきせん》の雰囲気《ふんいき》をまとう主婦に揉まれながら、俺は雲雀と鶸の顔を思い浮かべ、必死にお得な食材に手を伸ばす。俺だって主夫だからな。

欲しいものは割りと買えた。

この量を持って帰るのは至難《しなん》の業《わざ》だけど、俺よりたくさん買っている細腕の主婦もいたので頑張ろう。

涼《すず》しい顔をして、重くないですよ、って雰囲気を出しながら帰路《きろ》に就《つ》いた。

家に帰ったら冷蔵庫の中へ手早くしまい、少し休憩する。


「お昼なに食べるかなぁ……」


妹達がいれば、こういうの食べさせたいとか、こういうの作ってみるか、とかあるんだけどな。１人だとどうしても手を抜いてしまう。

全国の主婦の皆様だって、俺と同じ思いを持っているはず。結局、あるもので済ませてしまった。

そんなこんなしていたらすぐに時間が経ち、夕飯を作っていると、にわかに玄関が賑やかになる。雲雀と鶲が帰ってきたようだ。

彼女達はリビングに姿を見せることなく、すぐにお風呂に向かった。今日は走り込みを頑張ったのか、風が強かったからか、砂埃で汚《よご》れたのだろう。

まぁ詮索《せんさく》はいいとして、お腹を空《す》かせている２人のために、早く夕飯を作ろうか。

お風呂から出てきた雲雀と鶲は、いったん2階に上がっていった。で、すぐに降りてきたと思ったらリビングの扉を開け、いつものようにカウンターキッチンから顔を覗かせ、元気よく帰宅の挨拶。

「えへへ、つぐ兄ぃただいま！」
「つぐ兄、ただいま。リクエスト作ってくれて嬉しい」
「お帰り雲雀、鶲。とりあえず水分補給はしっかり」

俺の手元を見て嬉しそうな表情を浮かべる彼女達に返事をしつつ、俺は料理の手を止めた。そして冷蔵庫から飲み物を取り出し、食器棚《だな》のコップを差し出して、２人に飲むよう促す。

お風呂で発汗《はっかん》しただけでなく、もともと運動していたからね。

手早く料理の仕上げを終わらせ、雲雀と鶲に料理の配膳《はいぜん》を頼み、俺も飲み物を持って席に着く。

テーブルに鎮座しているのは、雲雀のリクエストである肉じゃがと、鶲のリクエストである野菜増量カルパッチョサラダだ。

それだけでは少し寂しいから、カルパッチョで余った野菜でスープを作ったり、キュウリの浅漬けを作ったり。

和洋折衷《せっちゅう》……ごちゃごちゃしてるけど、美味しいならいいよな。うん。

「むはーっ、お腹いっぱい！　今日も美味しいご飯ありがとう、つぐ兄ぃ！」

「つぐ兄、ごちそうさま」

「そしてそして！　今日は宿題ないからこのままゲーム！」

「……あー、はいはい」


夕飯を食べ終わって小休憩を入れたあと、食器をシンクに持って行って帰ってくると、いつものように、雲雀と鶲が楽しそうにゲームの準備をしていた。

宿題がないならいいいか、と思ってしまうあたり、俺もかなりR&Mが好きになったようだ。

雲雀からヘッドセットを受け取り、ソファーのいつもの場所に座った。

ログインボタンを押すと、すぐに意識が暗転《あんてん》する。

◆　◆　◆

NPCの皆さんにとっては冷たい風も、ゲームのリアリティ設定を低くしている俺からしたら、心地《ここち》よく思える。

ヒバリとヒタキが来る前にリグ達を出現させ、2人と合流したら、広場の隅に移動して作戦会議を始めよう。

今回はゲーム時間を合わせてログインしたから、住民の皆さんが活動を始めるんじゃないだろうか？　ってくらいの時間帯だ。

「ええと、犬ぞりで移動するんだったよな？　お店の名前は確か、つきはみの犬ぞり店？」

腕の中にいるリグの背中を撫でながら、俺は移動方法を思い出して問いかける。こういう確認は大事だからな。

「ん、合ってる。その通り」

ヒタキとヒバリが同じように頷き、詳《くわ》しく説明してくれた。ソリを引く犬は、言葉では言い表せないくらいモフモフしているらしい。

俺達の人数なら、4人乗りの箱ソリに乗り、犬は5匹くらいいればいいとか。

値段もソリの大きさと犬の数で決まるらしく、合計で2万Mくらい。

以前乗った馬車を引いていた大型の馬と同じく、小型の魔物くらいは轢《ひ》いてしまうとか。頼もしい限りだ。

そうと決まればすぐさま実行に移そう。

犬ぞりのお店は村の中心でなく外周部にあるそうなので、少し歩く。

うっすら積もった雪道を歩き、俺達は楽しく話しながら目的の店を目指した。

「わぁ〜、わんこちゃんいっぱい」

「ん、ここが犬ぞりのお店。もふもふパラダイス。この世の天国」

お店の前に到着すると、腰ほどの高さの柵《さく》に囲まれた庭の中に、丸くて白い毛並みを持つ、犬のような毛玉のような、体長70センチ程度の生き物がいた。

……大きさは違うけど、なんだか見たことがあるような？

雪の中に潜っていたり、何匹かでじゃれ合っていたりと楽しそうだ。

微笑《ほほえ》ましそうにその様子を見ているヒバリとヒタキを連れ、リグ達もいることを確認してから店内に入った。

受付に行くと、店主は慣れているようで、スルスルッと様々なことが決まっていく。ヒバリ達のような幼い冒険者には会ったことがないようで、少し物珍《ものめずら》しそうにされたが。

「あの、外にいる犬って……」

ヒバリ達が予想した通りの2万Mを払いつつ、知的好奇心に勝てず、俺は犬種《けんしゅ》を聞いてみた。

一瞬キョトンとしていた店主だけど、すぐに、それはもう良い笑顔になった。

『ポメラニアンの父と、フェンリルの母を持つ雑種ですね。寒さに強く力も強いので、犬ぞりにぴったりです』

あー、やっぱりかぁ。

さすがに王都のお屋敷にいた犬達ではなく、昔、フェンリルから譲り受けたそうだ。

この犬ぞり店も、現在の店主で3代目とかで、別の意味で驚いてしまう。

真っ白毛玉は大人になるまで、何年くらいかかるんだろうな？

ええと、箱形のソリの大きさは大体3畳《じょう》くらい。ソリの底には、金属の刃が並行に2本、取り付けられていた。

ハーネスを付けた犬達とソリとを結《むす》び付ければ、いつでも走り出せそうだ。

犬達はとても賢《かしこ》く、難しい操縦《そうじゅう》はいらないらしい。

俺達を乗せたら勝手に帰ってくるとか、自動操縦も真《ま》っ青《さお》だな。

あ、ちなみに2万Mは片道価格。

店主に何度も金具の緩《ゆる》みなどを確認してもらい、箱形のソリに乗り込む。

ええと、ヒバリにヒタキ、メイ、小桜と小麦、俺と頭の上にいるリグ。

忘れ物なら次の目的地で買えるかもしれないけど、ヒバリ達を忘れたら洒落《しゃれ》にならないので念入りに。


「いろいろよぉ～し、諸々《もろもろ》よぉ～し、いざ出発！」


俺の心配もよそにヒバリが元気よく声を上げると、呼応するかのように、真っ白な毛並みを持つ犬達も遠吠《とおぼ》えをした。

これから、空中都市の近くにある集落へ向かう。

箱ソリは俺達がゆったり寛《くつろ》げるだけの広さがあり、縁《へり》の高さはヒバリ達のお腹あたり。

5匹の犬が元気よくソリを引く風景を眺めるだけの余裕は、ある……かな？

犬達がソリをグングン引っ張るので、風圧が凄まじいことになっている。

リアリティ設定を低くしているから風だけなんだよな。

これ、リアリティ設定が高かったら、寒くて凍《こご》えて仕方なかったに違いない。昔の俺にグッジョブ賞を贈《おく》りたいもんだ。

「ん、さらまんだぁよりはやぁい」

寒さ対策はあっても、風がもたらす騒音《そうおん》対策はない。

ヒタキの言葉を聞き逃してしまい、なにか言ったなぁ、ってことしか分からなかった。

「なんか言ったかヒタキ？」

「む、なんでもない！」

できるだけ大きな声でヒタキに聞き返すと、彼女にしては珍しく大声で返事が来た。なんでもないならいいんだけどさ。

「ねぇねぇっ！　進むスピードめっちゃ速くない⁉」

「え？」

サイドテールの髪が、風でブルンブルンと荒《あら》ぶるのも気にせず、犬と風景に目を輝かせていたヒバリ。髪を押さえつつ俺に振り返り、大きな声を張り上げた。

この白い犬はフェンリルとポメラニアンの混種。普通であるはずがない。

ヒバリの言葉に恐る恐る膝立ちになり、俺は無意識に見ないようにしていた周囲を眺めてみる。

ヒバリほどではないけど荒ぶる前髪を押さえつつ、思った以上にギュンギュン過ぎ去っていく風景を目《ま》の当たりにして、目を見開いた。

こ、これは想像以上に早すぎると言ってもいい。

膝立ちをやめ、風の影響をできるだけ受けないように屈《かが》んで、双子と顔を寄せる。

「このスピードなら、きゅ、休憩取ってもお昼過ぎに着くかもしれない。それくらい速い」

「そ、想像以上だよね。ビックリだよ」

「ファンタジー舐《な》めてたな。まぁ、早く着くならいいじゃないか。うん」

やっぱり凄まじいよね？　俺も驚いた。これ、遊園地のジェットコースターが好きな人にはたまらないだろうなぁ。

でも、仕事が速いのは良いことだと俺達は頷き合う。今のところ困ってないし。

そんな結論を出した俺達は、箱ソリの中で好き勝手過ごすため動き出す。

「細かいことは気にしない方向で！　ヒバリはまた風景を見て、楽しみたいと思います！」

「めめっめ、めぇめぇめ！」

ヽ(・ェ・)ノ

「お、メイも楽しみたいの？　いいよ！　一緒にビュンビュン風景楽しもう！」

ヒバリは元気な言葉とは裏腹《うらはら》に、そろりそろりと顔を上げて、メイと一緒になって景色を眺めている。

ヒタキは隅のほうで、小桜と小麦を膝に乗せた。

俺はソリの真ん中で、リグを腕に抱《だ》いて大人しくお座り。

箱ソリの中は振動も少なく、風の抵抗もないに等しい。

もしかしたらこれ、ええと、なんだっけか。

あの、魔法の効果が付いている道具だったりするんだろうか。詳しく店主に聞いてみたいけど、もう手遅れだな。

2時間ほど走っていたらどんどんスピードが落ち、少し待つとピタリと停止した。

これはヒタキの言っていた休憩かな？　ソリから降りて犬達を確認すると、彼ら？　彼女ら？　は伏《ふ》せの体勢で荒い息を整えている。

ずっと頑張って走ってくれたからな。走るのが苦手《にがて》な俺には到底《とうてい》無理。うんうん。

この真っ白わんこ達がいれば滅多に魔物が襲って来ないらしいので、俺達は堂々と休憩の準備を始めた。

雪原のど真ん中でなにを、と思うだろうけど、リアリティ設定が低い俺達と寒さに強い犬達だからできること。

俺達は満腹度《まんぷくど》と給水度を満たせば良いのだが、こいつらはどうしたらいいんだ？　分からん。聞いてみるか。

◆◆◆

雪の上に寝転んでいたり伏せをしていたり、思い思いの体勢で休憩を取っている犬達に近づく。

無駄吠えをしたり、飛びかかってきたりしない頭の良い子達なんだけど、どこか俺達のことを気にしていた。

最初はリグ達が珍しいのかな？　と思ったけど、すぐに別の考えが思い浮かんだ。

あれだ。やっぱり王都の屋敷で、小さな真っ白毛玉に会ったからじゃないか？

ここは少し不思議なファンタジー世界——ラ・エミエール。そんなことがあってもおかしくはない。

「なぁ、毛だ……いや、名前を教えてもらってないからワンコと呼ばせてくれ。ワンコ達はこうやって休憩しているけど、食事や水分を取らなくて大丈夫なんだろうか？」

だが悲しいことに、俺達の間には言葉の壁があった。テイムしない限り意思疎通《そつう》できないんだな、これが。

犬ぞりワンコ達に興味津々《しんしん》なヒバリとヒタキも近くにやってきて、皆で「ふむふむなるほどさっぱり分からん」をしてしまった。

俺の質問に対して、賢いこの子達は答えてくれたけど、「わふわふわふん」じゃさすがに理解できない。

リグ達の便利な顔文字翻訳《ほんやく》をもってしても、異文化コミュニケーションはできなかった。残念ながら。

そこでヒタキ大先生の闘志に火が着いたらしく、ヒバリも巻き込んでいろいろと調べ始めた。

サービスが始まってそんなに経っていないR&Mだが、ゲーム内の時間では何年も経っている。

というわけで、妹達が頑張って調べた結果、いくつかの情報が出てきた。

要約してみると……。


【モフモフ真っ白毛玉ワンコについて】
・母親は神話でも有名な、フェンリルという大きな狼。
・フェンリルを、大神《おおかみ》と崇《あが》める地域もあるらしい。
・フェンリルは月の女神の使徒《しと》とされ、魔物ではなく精霊に近い。
・普通の食事は嗜《たしな》み。魔素《マナ》を取り込むのが本来の食事。
・父親は愛くるしさで有名な犬種ポメラニアン。
・先祖《せんぞ》はそり犬で、多分天性の職業。

まとめると、そり犬の妖精？　いやいや、違う違う。とりあえず水分もオヤツ感覚らしく、摂取《せっしゅ》しなくても大丈夫とのこと。

これなら俺達も安心して休憩を取れそうだ。

ワンコ達がどれくらい休憩するのか分からないけど、お茶を飲んで、一息つく程度の時間はあるだろう。

雪の上に座っても、俺達なら冷たくないけども、なんとなく違和感《いわかん》があるので、インベントリから敷き布を取り出して適当に敷く。

そこに双子やリグ達と一緒に座り、水筒を手に取ると、興味津々の表情でワンコ達が寄ってきた。

「なんだ？　お前達も飲みたいのか？」

「む～？　でもなんか違うっぽい？」

飲み物が欲しいのかと思い、水筒の蓋《ふた》を開けてコップに注いで差し出したら、プイッと顔をそらされてしまった。

仕方ないので、相手をヒバリに任せ、俺はテキパキと自分達の飲み物を用意していく。

すると、自身の顎《あご》に指を添え、ジィッとワンコ達を見ていたヒタキが手を上げて口を開いた。

「ん、質問。これが分かればワンコちゃん達の要求が分かる。私達にはない、ツグ兄のスキルがあります。序盤《じょばん》で手に入れてます」

「えっ！　答え教えてくれるんじゃないの⁉」

「ちょっとしたお遊び。頑張って考えてみて」

「う～ん、がんばるよぅ」

ヒタキは楽しそうに、頭を抱《かか》えて悩むヒバリを見ているので、分からずともいずれ正解を教えてくれるだろう。

まぁすぐに降参《こうさん》するのは格好悪いしな。一応俺のスキルらしいし、考えてみよう。

序盤で手に入れたってことは……自分のステータスのスキル欄《らん》の、最初のほうに書いてあるはず。簡単に見つかる……といいなぁ。

ステータスを見ながら唸る俺と、頭を抱えて唸るヒバリ。そんな俺らを見ながら楽しそうにしているヒタキと、美味しそうにお茶を飲んでいるリグ達。

やや混沌空間と化している気がする。あ、５匹のワンコ達もいるからね。

さて、【錬金】【調合】【合成】【料理】【テイム】が最初に持ってたスキルだけど、ピンと来ない。ワンコ達はお茶に興味を示さなかったしな。

【服飾《ふくしょく》】や【戦わず】、ステータスアップ系も多分違う。

フェンリルの子供ってことは【神の加護《かご》】だろうか。

いや、魔素《マナ》＝ＭＰらしいから【魔力譲渡】か？　もしかして俺のＭＰ目当てなのか、このワンコ達は。

「ヒタキ、答え合わせしよう。ＭＰが渡せるスキル【魔力譲渡】だ。理由はさっき言っていた通り、魔素《マナ》を取り込むから」

「ん、よく出来ました。正解者に拍手《はくしゅ》、パチパチパチパチ」

「……おぅふ、次は正解できるようにがんばろぉ」


うんうんと満足げに頷くヒタキは口で拍手をしてくれ、ヒバリは落ち込みつつも気合《きあ》いを入れていた。向上心があるのはいいことだ。

それはさておき、お行儀良く並んでお座りしているワンコ達に目を向ける。

ワンコの１匹に断ってから首筋《くびすじ》に触れ、ステータス画面を開きながらスキル【魔力譲渡】を念じてみる。すると徐々に俺のＭＰが減《へ》っていく。

あと４匹ほど待っているから、渡すＭＰの量は全体の１割くらいにしておく。

ＭＰを渡したワンコは、どことなく目が輝いて、毛の艶《つや》が良くなった気が……気に入《い》ってくれたみたいだし、良しとしておこう。


「……恍惚《こうこつ》ワンコ。抜けた表情が特に可愛い。ふふっ」

一部始終《しじゅう》をしっかり目に焼き付けていたヒタキが、とても嬉しそうに笑う。

確かにワンコ達の表情は、「えへー」といった感じの抜けた顔をしていた。

「あ、そろそろ休憩は終わりみたいだね」

「のんびりもいいけど、お仕事も大事」


ヒタキを眺めてぼうっとしていた俺は、ヒバリの言葉で現実に戻された。

あれ、俺の隣で今まで惚《とぼ》けた表情を晒《さら》していたワンコ達は？

探してみると、なんとすでにソリまで戻っていた。オンオフの切り替えが上手《うま》いんだな。

全然気にしていなかったけど、ハーネスの金具を自分で付け外しできるなど、本当に賢い。

急《せ》かしてこないので、まだ休憩していても大丈夫みたいだが、俺達も早く目的地に着きたい。手早く後片付けしよう。

水筒も敷き布もインベントリにしまったし、あとは俺達が箱ソリに乗り込むだけ。

リグ達を先に箱ソリの中へ入れ、次にヒバリとヒタキ、最後に俺。

全員乗ったことを確認すると、ワンコ達が一斉に遠吠えを響かせて走り出す。

遠吠えには弱い魔物を遠ざける効果があるらしく、ヒタキ先生曰《いわ》く、種族スキルなんだとか。俺のスキル【賢者《けんじゃ》の指先】みたいなもの、か？

ヽ(・ェ・)ノ

「メイ！　また特等席で全身に風を浴《あ》びよう！」

「めめっめぇめめっめ！」


ブルンブルン荒ぶるサイドテールに負けず、ヒバリは再びメイを抱《だ》っこして、箱ソリから立ち上がった。

寒くはないし、身を乗り出さなければ危なくもない。あとは楽しいなら最高だな。

大体2時間くらい、各々《おのおの》が好きに過ごし、無事に目的地にたどり着くことができた。

ヒタキが調べてくれたところによると、空中都市に所属する集落という感じらしい。空《くう》路《ろ》以外で空中都市へ行くには、必ずここを通らなければならない。

あと一番大事なのは、天使族の身内や知り合いがいないと通り抜けられないとか。

まぁ、俺達はヒバリがいるから大丈夫だけど。

◆　◆　◆

俺達は集落に入る前に、ワンコ達を十分労ってからお別れした。

ワンコ達も名残《なごり》惜《お》しそうにしていたけど、やはり家が恋しいのか、爆速《ばくそく》と言ってもいい速度で、箱ソリを引いて帰っていく。

人を乗せていないワンコは面白いくらい速かった。

遠くに森が見えるな。

平地だからか、かなりの高さの櫓《やぐら》が建《た》っていたり、建物の屋根の傾斜《けいしゃ》がキツめだったり。

環境に合わせて、住みやすくなるようどんどん工夫していったんだろうなぁ、としみじみ。

俺達はいつもと同じように、どの街にもある中央広場に向かった。

俺達が見慣れないからか、冒険者だからかは分からないけど、かなりジロジロと見られてしまう。まぁでも、すぐに興味をなくしていた。

そう言えば、辺境《へんきょう》の地と表現するのが相応《ふさわ》しいここにも、プレイヤー冒険者がチラホラいるな。空中都市にはロマンを感じるからだろうか？

集落の中央に着いた俺達は、人の邪魔になりそうにない場所で言葉を交わす。

「えっと、北側にある、あのちょっと大きな建物が私達の目的地……だったよね？　世界樹のときみたいに、魔法陣でビュオーンって、上までひとっ飛び」

「ん、その通り。でも、もしかしたら美紗ちゃんが来れるかもしれないから、行くのは明日。皆で楽しみたい」

ヒバリの言う建物とは、集落の北にある石造りの建物のこと。他のどの建物より大きかった。

美紗ちゃんについて頷き合っている２人に、俺も無言でうんうん同意しておく。友達はとても大事だからな。

「うーん、このあたりはなにか楽しいことあったかなぁ」

「む、ええと……」

ウインドウを開いて、なにやら調べ始めるヒタキ。

ちなみに、事前に調べたとしても、かなり前の情報だったりするから、気をつけないと国自体なくなっていることもある。本当の話。

「今の時期だと、シャチに似た魔物の群れが、海辺に魚を追い詰めて食べる漁が見られる。中立の魔物だから、攻撃しない限り敵対はしない。陸地で見てれば危険はない」

「あ、これは？　北の大きくて平たい岩にセイレーン。麗《うるわ》しい女人の姿をした人魚が歌いに来るとかなんとか？」

「それは、追い込み漁よりレアな遭遇率《そうぐうりつ》。セイレーンは鳥のような魚のような。個人の解《かい》釈《しゃく》に委《ゆだ》ねられる。ちなみに、セイレーンもマーメイドも人魚もこのゲームに出現する」

「むぅ、ギルドルームを飾《かざ》る用に貝殻《かいがら》拾おう。んで、運よく見られたら良いなぁ的な？」

ヒバリとヒタキが盛《も》り上がっていて、お兄ちゃんはなにより。

決定事項なのは海へ行って遊ぶこと。前にも磯遊《いそあそ》びをしたような気がするけど、楽しいのは正義なのでいいと思う。

俺はヒバリとヒタキの会話を、リグ達に囲まれてぼんやりと聞いていた。

「ツグ兄ぃ、話聞いてたよね？　いい、かなぁ？」

「いいんじゃないか？　今から行くのか？」

ヒバリの問いかけに俺は頷き、今度はヒタキに問いかける。言葉遊びのような感じだな。

「ん。私達は明日も学校だから、海で遊んでログアウト。その場の気分により営業が変更になる可能性があります」

「なるほど」

そうと決まれば腕に抱いていたリグをフードの中へ入れ、皆を引き連れて歩き出した。

大きな石造りの建物はスルーして、その先の海へ、徒歩《とほ》5分くらい。

俺達にとっては心地よい海風だけど、海面には氷塊《ひょうかい》が浮いているので、きっと普通なら寒くて仕方ないだろう。

住民の皆さん、すごく厚着《あつぎ》をしているからな。薄着の俺ら、めっちゃ違和感あるんだろうな。リアリティ設定の補正《ほせい》ありがとう。


「か、風が強い……！」


あ、やっぱりか。ヒバリが箱ソリでもやっていたように、自身のサイドテールを押さえながら大きな声で叫んだ。

ヒタキは気にした様子もなく、風の吹くままに荒ぶらせている。

俺のコートがはためくように、ヒバリとヒタキのスカート部分も……と心配したものの、そこは微かに揺れる程度。こういうところ面白いよな。

ヒバリがあたりを見渡して言う。


「う～ん、ぱっと見、楽しそうなことはないなぁ」

「ん。でも、下にキラキラ海の贈り物」

「おぉ！　これが噂《うわさ》に聞くシーグラス、じゃないや。この世界ではガラスが貴重《きちょう》だから、ええと、シーストーン？」

ヒタキが下を指差して教えてくれた。

俺は彼女達が話している横で、太陽の光できらめく小石ほどの大きさの物体をいくつか拾う。

目で判断するよりも、説明を見たほうが良さそうだ。

【シーストーン】
荒波《あらなみ》に揉まれ続け、小石ほどの大きさになってしまった。色や形は様々。安価な装飾品《そうしょくひん》に使われる。

【シースケイル】
荒波に揉まれ続け、傷つき、価値がなくなってしまった鱗《うろこ》。稀《まれ》に海竜の鱗もあるが、ほぼ堅《かた》いだけ。鱗の透明度《とうめいど》で価値を判断する。主に安価な装飾品に使われる。

【流木】
荒波に揉まれ、表皮を失った木。十分に乾かせば薪《まき》として使えるが、手間がかかるため現実的ではない。

あまり価値がないせいか、説明文も短い気がする。

こういうので作ったアート作品はあるんだろうか？　探せばあるかもしれないけど、今は皆海に夢中なのでまた今度。

楽しくシーストーンを拾っているヒバリとヒタキを横目に、俺は波打ち際《ぎわ》に視線を向けた。

波が寄せて引いてを繰り返しており、風が強いので少々泡立《あわだ》っている。

水はとても澄《す》んでいて、近くに浮かぶ、人のような魚のような浮遊物《ふゆうぶつ》もよく見え……み、見えたらダメだろ！

あれはもしかして水死体？　いやでも、この世界では死んだら光の粒《つぶ》になって消えるって最初に教えられたから、まだ生きてる？　え、ええと……。

リグとメイが、俺が静かに慌てている姿を見てキョトンとしているが、俺にはそれを愛《め》でる余裕などなかった。

すると浮遊物が沈《しず》み、代わりに美しい、妙齢《みょうれい》の女性が顔を出した。

『あら、優《やさ》しそうな素敵な男性。わたしがごはん狩りをしているところを見てしまったのかしら？　ふふ、怖《こわ》がることはないの。楽しいことしかないもの。ねぇ、よろしければわたしとイイこと、しません？　この世のものとは思えない、極上《ごくじょう》な体験ができますわ』

「……っ」

『わたしの声を聞いて、自分の心に従《したが》って、わたしとイケないことしましょう？　きっととても楽しいわ。おいでなさい、わたしのところまで。さぁ素敵な方、この手を取ってくださいな』

囁《ささや》くような声で話す女性の言葉が、頭の中にスルスルッと入ってきた。

話すたびに身体の自由が利かなくなり、俺は無意識のうちに、彼女を求めるように海へ入ってしまいそうになる。

抵抗する俺と、苛立《いらだ》ちで美しい顔を歪《ゆが》ませた彼女が綱引《つなひ》きをしていたら、さすがに様子がおかしいとリグとメイが気づいて騒ぎ、ヒバリとヒタキが助けてくれた。

彼女は双子を目にすると盛大《せいだい》に舌打ちをして、ごはんと称した浮遊物を持って海中に帰っていく。

ヒタキ先生によると、あれはマーメイドと呼ばれる中立寄りの魔物で、俺はマーメイドのスキルによって、男性限定の【魅了《みりょう》】という状態異常になっていたらしい。

初めて経験する状態異常が【魅了】って、どうなんだろう？　まぁ、気にしない気にしない。

簡単に言うなら、マーメイドが俺を連れ去ろうとしていた、と。

海の中に連れ込まれていたら、窒息《ちっそく》で初めての死に戻り、ってのを味わっていただろう。

それと、助けてくれるのは嬉しいんだけど、まず一言目に「あっ、ツグ兄ぃがナンパされてる！」なのはどうかと思う。

いや、助けてくれるのは本当に嬉しいけどな？

◆　◆　◆

海はもういいやということで、集落の広場まで戻ってきた俺達。

ヒバリとヒタキのお眼鏡《めがね》に適《かな》ったものはあらかた拾ったから、って理由もあるけど。

いつも通りに、広場の隅《すみ》っこでちょっとした話し合い。別名作戦会議……って、作戦でもなんでもないか。


「ツグ兄ぃが【魅了】に抵抗できたのは、多分、ステータスのＷＩＺが高かったからだろうね。あ、ＷＩＺって簡単に言うと、魔法全般の防御力って感じ？」

「ん、正解。簡潔」

「えへへっ」

ヒバリがどんどん自分の発言に自信が持てなくなり、ヒタキのほうを見た。頷いてもらってホッとしている。

へぇ、なるほどなるほど。

いつも、紙のようなペラッペラな防御力だ、ミジンコのような儚《はかな》いHPだ、なんて言われていたけど、魔法系統の防御力は高いのか。

だったら、魔法攻撃の盾になるくらいできそうか？　ただ、特化している訳ではないし、HPは低いままだし、やめておいたほうが良いかもしれない。

慣れないことをすると裏目《うらめ》に出る、って偉い人も言ってたし。

ええと、唐突に話は変わるけど、この集落は小さいながらも、ギルドがあれば作業場だってある。

船に乗っているときや世界樹でいろいろ作ったりもしたけど、そろそろ足《た》りないアイテムが出始めた。

と言うわけで、雑貨屋というより雑多屋と化しているアイテム屋で買い物してから、俺達はギルド横にある小さな作業場に向かった。

中に入ると個室はなく、作業台が4台のみ。使っている人はいなかったので、ジロジロ見られることもないだろう。

俺は出入り口から一番遠い作業台に陣取《じんど》り、インベントリから空《から》の水筒を取り出した。

「ヒバリとヒタキには、まず、皆の飲み物を作ってもらいたいと思います。前にヒバリが頑張って作ったリンゴジュースもあるけど、選択肢は多いほうが嬉しいなってやつだ」
「うんうん、嬉しいよねぇ。選べる喜び、選択する美味しさ」
「甘いのも、さっぱりのもいい。頑張る」

現実世界では任せるのはまだ心配なんだけど、ゲーム世界なら彼女達のチャレンジ精神を存分に育《はぐく》める……と思う。多分だけど。

まだ大量に残っている、お得な大容量のお茶などを作業台に置いていると、ふとヒタキが首を傾《かし》げて俺に問いかけてきた。

「ん、でも、ツグ兄はなにするの？」
「俺はほら、インベントリに眠ってる、細々した使いかけ食材の消費っていう、重要任務があるから、それを」

ヒタキが納得したような、神妙《しんみょう》な面持《おもも》ちで頷いた。

忘れていた食材とかもあるから、使えたら良いな。容量がパンパンなインベントリを軽くするために。

妹達の、少し慣れてきたとは言っても、どこかハラハラする作業を見守ったり、口出ししたりしつつ、俺はインベントリの中身をどうしようか考えた。

とりあえず余り物の肉と野菜をひたすら焼いて、卵で綴《と》じれば美味しいはず。卵は割りとなんでもカバーしてくれる。


（｀・ェ・´）


「えっとぉ、普通のお茶と、ハーブ系のお茶を、水筒に1本ずつ」

「時間はたっぷりある。ゆっくり慎重《しんちょう》にやろう」

「めめっめめぇめ」

お湯を沸《わ》かすための鍋《なべ》と茶葉を両手に持ち、強《こわ》ばった表情をするヒバリ。それをヒタキと、なぜかメイが元気づけていた。

可愛いから、細かいことは割りとどうでもいいや。

リグは俺のフードで寝ているし、小桜と小麦は作業台の側で、2匹で寄り添って丸まっている。耳がこちらに向いているから、小休憩といった感じだろう。

俺はインベントリから取り出した材料をみじん切りにしていく。

きっちり使い切れれば良いんだけど、そう上手くはいかないんだよな。まぁこういう風に、いろんなものを入れた料理を作れば良いんだけども。

俺がホカホカと湯気《ゆげ》を立てる卵包みをお皿に載《の》せるのと同時に、ヒバリがお茶、ヒタキがハーブティーの水筒を持ち上げた。とても誇《ほこ》らしげな表情を浮かべている。

メイが拍手をしていて、俺も皿を置いて拍手した。そして、出来立てホヤホヤの水筒を2人から受け取る。


「お疲れ、この水筒はインベントリに入れておく」

「この料理は私達が食べておく」

「ん、美味しくいただいておく」

「……お前らなぁ。まぁいいか、食べよう」


ヒバリとヒタキは湯気を立てている卵綴《たまごと》じの皿へ手を伸ばし、期待に満ちたキラキラと輝く眼差しを向けてきた。

あ、食べるとかいただくとか言ってるから、リグが起きて俺を見つめてきたぞ。そんな風にされたら、断れるわけがない。

【たくさん食材のアツアツ卵綴じ】

食材をふんだんに入れ、最後に卵で綴じた、ボリューム満点の卵綴じ。たくさんの食材からうま味が染み出ており、ソースがなくても端から端までペロリと平らげられる……はず。レア度4。満腹度＋45％。

【製作者】ツグミ（プレイヤー）

料理の説明文はこんな感じ。1人でこれを全部食べても、満腹度が100％にならないことに驚きを隠せなかったり。

まぁそれはそれとして、今は涎を垂《た》らしかねない皆の対応をしよう。

とは言っても、ここで食べるのはアレだし、せっかくだからギルドルームで食べないか？　って提案するんだけど。

「おぉっ！　もちろんOKに決まってるよ！」

「ん、なるほど。せっかくのお家がもったいない」

妹達はすぐさま賛成してくれた。

リグ達には申し訳ないけど少しだけ待ってもらい、パパッと使ったものを片付けて、作業場から退出。

広場に戻り、ギルドルームに行きたいと念じて移動する。これ、慣れるまで時間がかかるな。

拡張《かくちょう》などなにもしていないので、ギルドルームは、四角く切り取られた小さな箱庭、という表現が適切だと思う。

空も大地も見渡す限りに広がっているが、一定の距離まで行くと、透明な固い壁にぶつかってしまう。これは、ヒバリがはしゃいでぶつかって分かった。

スキップをしかねないヒバリとヒタキを落ち着かせ、俺が代表して扉を開く。

「あ、お邪魔してるわよ？」

「ども」

そこにはなんと、綺麗な所作《しょさ》でお茶をたしなむルリとシノがいた。

俺と目が合うと、２人は「やぁ」と言わんばかりに軽く挨拶してくる。

俺がどうしたものかと思っていたら、ヒバリが中を覗き、表情を輝かせた。

そう言えば、ゲームでは久しぶりに会うからな。

ヒバリとヒタキは椅子を持ち、彼女の両脇に座って楽しくお喋りを始めた。

俺はクッションのある出窓に、リグ達を乗せないとな。

小桜と小麦は猫又《ねこまた》だから簡単に登れると思うんだけど、持ち上げると体が餅《もち》のように伸びる不思議な面白感覚を堪能したいから、やらせてもらう。

完了したら、俺は椅子を出窓の近くに移動させ座ろう……としたけど、まだやることがあった。

作った飲み物を配らないとな。

インベントリを開いて、リンゴジュースの入った水筒を出していたら、ヒバリが「あ！卵綴じ！」と叫んだ。おもいだしちゃったかー。

俺が適当に話しながら、例のものをテーブルに置く。

「こちらがシェフの気まぐれ卵綴じでございます」

「会えたらラッキー程度だったんだけど、こんなの最高じゃない！」

「皆に切っても大きいから食べ応えありそう～」

ルリが目を輝かせ、ヒバリは前のめりの体勢に。

卵綴じは出来立てをすぐインベントリにしまったので、まだホカホカと湯気が立っていた。

俺、ヒバリ、ヒタキ、リグ、メイ、小桜、小麦、ルリ、シノの9等分だな。俺だって食べるし、もちろんリグ達だって、俺達と同じ一人前。

ええと、リンゴジュースも配って、切り分けた卵綴じも行き渡ったので、皆でいただきます。

◆◆◆

卵にとてつもない信頼を置く俺だったが、餡《あん》かけのソースくらいは作ったほうが良かったかもしれない。そんなことを思いつつ、リグ達の食事を手伝いながら1口。

あ、美味しい。どうやら要《い》らない心配だったようだ。自画自賛《じがじさん》だとしても、美味しいものは美味しいからね。

学校で会っているはずなのに、まだ話し足りないのか、ヒバリとヒタキはルリ達の進み具合についていろいろ尋ねている。お喋りが大好きだから、話のネタは尽きないよな。

「え、私達の進み具合？　実を言うと、あまり進んでないのよねぇ。ほら、聖域と違って魔法の機関車がないし。馬車は天候や魔物によって、徒歩より遅くなることもあるし。仕方ないと思うわ」

ペロリと卵綴じを綺麗に食べ終え、口直しにリンゴジュースを飲んだルリが言った。そうそう、俺達とは逆に、南の国を目指しているんだった。

そこにシノが口を挟む。

「……はぁ。魔物を見つけたら一直線に向かっていく癖《くせ》をどうにかしたら、進みも速くなると思うんだけど？」

「そっ、それは言わない約束よ！　だっ、だって、レベルアップするの楽しいし、私の前に立ちふさがる魔物も悪い！」

「……へぇ」

ルリとシノの、漫才にも似たやり取り。

初めて見たときは喧嘩《けんか》しているのかと思ったけど、慣れてみると、やっぱりこうでなくちゃと思う。ストレスでも溜《た》まっているんだろうか？　と思っていたころが懐かしいな。

俺はふと、2人に作ったものを押しつけようと思い、ウインドウを開いてガサゴソ。ルームの貯蔵庫《ちょぞうこ》やキッチンの保管庫に入れても良いらしいけど、機能を拡張しないのであまり入らない。だから手渡しが一番。

料理に加えて、ＨＰポーション＋＋なども引き取ってもらうことにした。

ルリとシノは、俺のようなポーション製作能力も、ヒバリのような回復魔法も持っていない。ポーション買うと高いので、薬草をむしって囓《かじ》るときもあるらしく、とても喜んでくれた。

味の調整をしていないので、ちょっと苦《にが》い青汁味だけど。

確か、果物を混ぜれば美味しいポーションが出来るはずと、ヒタキ先生からふんわり教えてもらったっけ。

「もう私達はログアウトなんだけど、ルリちゃん達はログインしたばっか？」

「ログインしたばっかりよ。ビシバシ魔物倒しながら南の国を目指すわ！　いつたどり着くか分からないけどね」

残りのリンゴジュースを一気に飲み干したヒバリが、隣のルリに尋ねると、ルリが元気いっぱい、猪突猛進《ちょとつもうしん》といった感じで、１００点満点の回答をした。

「ん、それでこそルリちゃん」

「え？　ど、どういうこと？」

お兄ちゃん歴13年の俺の感覚だと、ヒタキはすごく面白がっている。うんうん頷いているけど、口端に卵が付いているけど、あれは絶対面白がっている表情だ。

いろいろと受け渡しも終わったし、話もしっかりした。俺達もログアウトしないといけないから、ここでお別れだ。

そろそろお開きかな、という雰囲気になると、ルリが立ち上がり、俺に笑顔を向けた。

「まぁいいわ。えっと、いろいろ融通《ゆうずう》してくれてありがと、ツグミ」

「お互い様だと思うけど、どういたしまして。今から南の国に向けて旅するみたいだけど、無茶したらダメだよ？」

「わ、分かってるわ！　安全第一、よね」

ヒバリやヒタキを相手にするときのように、言い聞かせる感じになってしまった。

ほら、ルリは妹と歳《とし》が同じだし、もうほとんど、妹みたいなものだと思っているから。

南の国を目指して出発するルリ達を見送り、部屋を片付け、忘れ物がないか確認したら、俺達もギルドルームを退出。

広場に移動した俺は、もう満足してログアウトする気満々なんだけど、ヒバリとヒタキはどうだろう？

双子のほうを見てみると、別れを惜《お》しむようにメイ、小桜、小麦を撫でていた。

俺の視線に気づくと、何事もなかったようにスッと立ち上がる。

「……リグ、今日もありがとう」

(*'w'*)

「シュッシュ〜」

頭上のリグに言葉をかけていたら、メイ達も近くに寄ってきた。俺は屈《かが》んで3匹の頭を撫でる。

「もちろん皆も、な」

特に手入れはしていないんだけど、とても手触《てざわ》りが良くて、ずっと触っていたい。

そんな未練を断《た》ち切り、心を鬼にして、リグ達をステータス画面から【休眠】状態にする。

これでリグ達もゆっくり休めるだろう。

次は俺達の番。

ステータスから画面をひとつ前に戻し、一番下に表示されている【ログアウト】のボタンをポチリと押した。

これまたいつも通りの感覚が襲ってきて、意識が切り替わるような、なんだか不思議な気分。

◆　◆　◆

なんとも言い難い感覚と共に目を開けたら、そこはいつものリビング。

両親や親友がここにいたら驚いて叫ぶだろうけど、そういうことはないので一安心だ。

雲雀と鶲と俺、３人揃《そろ》って思いきり伸びをする。

時間になったら寝ろよ、と２人に釘を刺して、食器洗いをしようとキッチンへ向かった。

ヘッドセットの片付けを終えた妹達は、テレビを見るか、自室に帰るだろうと思っていたが、なぜか俺のほうを楽しそうに見ている。

「……そんなに見られたら、兄さん穴あくぞ」

ちょっと居心地《いごこち》が悪く、背中がムズムズしてそう言うと、雲雀が「えへへ～」とニッコリ笑った。わけが分からん。

食器を洗い、乾いた布巾《ふきん》で水気を拭き取り、食器棚にしまっておしまい。

その間、ずっと俺のことを見ていた2人は、満足した謎《なぞ》の表情を浮かべ、もう寝ると言い残して2階へ上がっていった。

しかし数分も経たないうちに、大きな足音を立てて誰かが降りてくる。姿を見せたのは雲雀。


「ん?」

「あ、つぐ兄ぃ！　明日美紗ちゃんと一緒にゲームできるよ！　やったねつぐ兄ぃ妹が増えるよ、なんてね。暖かくしてお休み〜！」

「え、お、おぅ」

彼女はまくし立てるようにマシンガントークを披露《ひろう》し、すぐに踵《きびす》を返した。俺が生返事しかできない間にいなくなってしまったぞ。

ええと、明日は美紗ちゃんも一緒、か。いっそう賑やかになりそうだ。

「さっさと俺も寝るか」

なんだか気が抜けてしまった。

あとはゴミを集めて、戸締まりをして、風呂に入って、歯磨《はみが》きをして……。
あ、風呂に入ってる間に、朝ご飯の献立でも考えようかな。うんうん。

R&M攻略掲示板

【ロリとコンだけが】LATORI【友達sa】part9

（主）＝ギルマス
（副）＝サブマス
（同）＝同盟ギルド

1:ＮＩＮＪＡ（副）
↓見守る会から転載↓
【ここは元気っ子な見習い天使ちゃんと大人しい見習い悪魔ちゃん、生産職で女顔のお兄さんを温かく見守るスレ。となります】
前スレが埋まったから立ててみた。前スレは検索で。
やって良いこと『思いの丈を叫ぶ・雑談・全力で愛でる・陰から見守る』
やって悪いこと『本人特定・過度に接触・騒ぐ・ハラスメント行為・タカリ』
紳士諸君、合言葉はハラスメント一発アウト！
上記の文はすべからく大事でござるよ！
・
・
・
2:コンパス
乙カレー。

書き込む　全 部　<前100　次100>　最新50

R&M攻略掲示板

スレッド名は大体立てる人のセンス也。

3:氷結娘

>>1　おつかれ。今日も語るぞ～！

4:中井

この掲示板もパート９かぁ。最初の掲示板が感慨深《かんがいぶか》い。ちなみにパート１０になったらもう一回言うぞィ。

5:甘党

>>1　おつかれ夏。

6:さろんぱ巣

>>1　おつ茄子《なす》。

7:白桃

今日の予定としてはいつも通りロリっ娘ちゃん達を見守る班と、レベル上げ班と放浪班と遊撃《ゆうげき》班かなぁ。

8:もけけぴろぴろ

今日は拙者《せっしゃ》、幼なじみと飲み会があるゆえ。ロリっ娘ちゃん達の安否を確認したらドロンするでござるよ。にんにん。

書き込む　全部　＜前100　次100＞　最新50

R&M攻略掲示板

9:焼きそば

>>前984　それ、マジだったら楽しみだねぇ。そろそろやってくれるとは思ってたけど、ああでも、ちゃんと公式のお知らせにも書いてあるのか。書いてあるって言うか示唆《しさ》してるって言うか。つまりとってもとっても楽しみ！　お祭り騒ぎ大好きＤＡ！

10:餃子

次でこの掲示板も１０個目かぁ（しみじみ）

11:夢野かなで

雪うさぎ可愛いと思って近づいたら、グッパリ大口開けて噛《か》まれかけたでござるの巻。口の中にびっちりギザ歯……ひぇ。

12:ナズナ

とにもかくにも、このギルドはロリっ娘ちゃん達の待ちなり。

13:フラジール（同）

>>1　おつか蓮根《れんこん》。
今日もマイ癒やしの天使達の安全を守りましょ。

14:黒うさ

>>前989　それが全く分からん。もしかしたらＮＰＣを自分の眷属《けんぞく》

書き込む　全部　＜前100　次100＞　最新50

R&M攻略掲示板

に出来るのかもしれない。自分の人生預けてくれるＮＰＣとか、それもうただの結婚じゃろ。うーんこの。悩ましい。

15:わだつみ
完璧《かんぺき》私事だけど明日歯医者行ってきます。最新医療機器で治療《ちりょう》されるとしても、おっさんはキュイーンにガクブルだぞィ★

16:sora豆
ロリっ娘ちゃん達は乾いた大地に染み込む癒やしの雨。今日から金曜日までかいしゃらぁー（死んだ目）

17:ＮＩＮＪＡ（副）
>>2　某《それがし》にセンスを求めるのは間違っているでござるよ。なにやらラノベに出てきそうな言い方になったでござるな。にんにん。
>>8　リア充《じゅう》は撲滅《ぼくめつ》して欲しいでござるが、忍者仲間は募集中でござる。なお幼なじみが同性の場合はいろいろな意味でドキドキでござる。

18:ましゅ麿
あ、我らがロリっ娘ちゃん達ログインしたぞ！　今日も主に対人に気を配りつつ見守りまっしょい。魔物相手は安全重視だから突発大レイドでもない限り大丈夫そう。安全は大事。

書き込む　全部　<前100　次100>　最新50

R&M攻略掲示板

19:密林三昧
>>11　ひぇ。可愛い魔物とか多いけどたまにえげつないのとかいるよね。でるゲームちがくない？　的な。ゾンビ系はヤバいし臭い。

20:こずみっくZ
>>1　二十日大根。

21:ちゅーりっぷ
通常営業で楽しんでゲームしましま。

・

・

・

59:空から餡子
>>50　無理だって。走りが本職のワンコ達に勝てっこないよ。スピード系の職ならワンチャン？　ある、かなぁ。

60:かるぴ酢
とりあえずひたすらダッシュしたらいいんじゃね？

61:コンパス
かき氷食べたくなってきたから果物買って潰《つぶ》して雪にかけて食べたんだ。したら頭痛のデバフつきました。効果は魔法の発動が遅くな

書き込む　全 部　＜前100　次100＞　最新50

るとかなんとか。魔法覚えてないから意味ないけどね！

62:黄泉の申し子
やっていることはスレスレだけど、この思いはとどまることを知らないのであった。ちゃんちゃん。

63:ヨモギ餅（同）
>>56　フェンリルっておっきなモフモフ狼だよ。出会ったことがある人が言うには、ナイスバディーなド迫力《はくりょく》美人だとか。でも小脇にポメラニアン抱えてる姿がなんとも言えないとかなんとか。

64:わだつみ
うえぇぇぇぇぇ。ログインする前にちゃんとトイレ行ったのに尿意《にょうい》勧告でました。トイレ勧告か？　漏《も》らしたくないので落ちます。お疲れさまでした。明日もログインします〜。

65:つだち
スタミナゲージがないからってひたすら走ってる組だったけど、あれある程度走ったらＨＰ減ってくるんだね。んで、鈍足《どんそく》とかデバフついてどうにかしないと動けなくなる。運営もいろいろと考えてるね。手探《てさぐ》りっぽいけど。た、楽しすぎない？　神ゲーかよ。お布施します。

R&M攻略掲示板

66:ナズナ

>>60　がんばえー。

67:iyokan

ロリっ娘ちゃん達は今日空中都市に行くのかな。

68:焼きそば

>>58　ごめんな、それ、おれのおいなりさんなんだ。

69:ましゅ麿

アメリカ版のR＆M行ける場所広すぎて無理ゲー。やっぱ四季があって縦長《たてなが》で島があってそこそこの広さがある日本って最高なんやな、って。怖いもの見たさでやってはみたものの、実は英語喋れないからすぐ挫折《ざせつ》って言うね。えへへ。

70:かなみん（副）

あらん？　お出かけするみたい？

71:中井

>>64　尿意はいつ忍《しの》び寄ってくるか分からんもんな。明日も面白おかしくゲームしようぜ。

書き込む　全 部　＜前100　次100＞　最新50

R&M攻略掲示板

72:氷結娘

今更だけど>>15　最近の歯医者はキュイーンほんとしなくなりましたよね。余程酷《ひど》くなければ痛くないのでガンバ。敬礼《けいれい》。

73:魔法少女♂

あ、お兄さんがマーメイドの魅了にかかってる★★★☆

・

・

・

101:プルプルンゼンゼンマン（主）

>>95　そう！　状態異常には広範囲に影響を及ぼすものと、ピン差しと呼ばれる特定にしか影響を及《およ》ぼさないものがある。詳しく言うのはあとにして、今さっきお兄さんがかかったマーメイドの魅了は生殖《せいしょく》出来る男性にのみかかる。一点狙いだからめっちゃ強いよねって。俺も状態異常には気をつけないと。

102:かるぴ酢

天使のブレスレットは状態異常になる確率が５０％カットだから作ってほしい。ちなみに悪魔のブレスレットは状態異常を付与《ふよ》する確率が５０％アップ。

書き込む　全部　<前100　次100>　最新50

R&M攻略掲示板

103:コンパス

海に流氷っぽいの浮いてるとなぜかちょーうける。

104:sora豆

>>89　状態異常マニアがいるんだなぁーこーれが。

105:黄泉の申し子

寒いところで食べるアイスはうめぇ。料理ギルドさん達の進歩も凄まじいものだ。あ、もちろん一番食べたいのはお兄さんの料理なんですけどね！　運営さんバザー機能で良いからオナシャス！

106:ましゅ麿

いろいろやることが多い。やりたいことも多い。

107:魔法少女♂

>>99　自分がいっしょにいったげる★☆★感謝せよ☆☆★

108:密林三昧

料理してる姿がキャッキャ楽しそうで俺もニッコリ。

109:フラジール（同）

ロリっ娘ちゃん達にお布施出来る機能はいつ来ますか？

書き込む　全部　<前100　次100>　最新50

R&M攻略掲示板

110:こずみっくZ
お兄さんの料理はいつ見てもおいしそうでじゅるじゅる。

111:ちゅーりっぷ
>>102　それ、天使と悪魔の羽が必要になるアイテムだよねぇ。

112:つだち
ギルドルームに行ったら見守れないでござる……。一番安全な場所だから安心は安心なんだけども。

113:もけけぴろぴろ
ログアウトしたら夕飯だじょー。今日は白菜と鶏肉の鍋。エノキダケ入れるからめっちゃ歯に挟まるんだじょー。

114:焼きそば
>>99　一通りの状態異常にかかって楽しんでる人の動画があったりするんだなぁ。確か動画のタイトルは「状態異常で遊ぼう！」だったかな。トークが上手いから楽しいよ。

115:夢野かなで
そう言えば、ペットと一緒にＶＲ出来るように開発してるらしいね。私が生きてる間に開発終わって欲しいところ。

書き込む　全部　＜前100　次100＞　最新50

R&M攻略掲示板

116:空から餡子

今日も今日とてロリっ娘ちゃん達がログアウトしたら俺達のヒャッハータイムとなるぞぃ。がんばるんこ。

117:さろんぱ巣

>>105　バザー機能は自分も切実《せつじつ》。実装目前とか言われてたけど、全く音沙汰《おとさた》なしだもんな。ガセかなぁ。ぐすん。

118:ナズナ

あ、トイレやばいんで落ちまーす。

119:黒うさ

状態異常の道はいろいろと奥深い……。

書き込む　全部　<前100　次100>　最新50

ロリっ娘《こ》ちゃん達がログアウトしても、紳士淑女達の盛り上がりは終わらなかった……。

◆　◆　◆

いつもと同じように、鳴る前に目覚まし時計を止め、大きな欠伸をしてから適当な服に着替える。

昔やらかしたことがあるから、寝坊だけは本当に気をつけている。あの時は申し訳ない気持ちで、しばらくヘコんでしまった。

顔も洗ってさっぱりしたらキッチンへ行き、エプロンを着けて、備《そな》え付けの棚をゴソゴソ漁《あさ》る。

「……ええと、この辺に入ってたはず」

俺は親父に似て背が高めなので、こういう高いところの収納は得意。

簡単に取れるからいろいろ押し込んでしまうのが玉に瑕《きず》だけど、便利さには抗《あらが》えないんだ。

きちんと段ボールに名前を書いていたので、すぐに目的の物を探し当てられた。

これはホットサンドプレート、だっけ？　朝食に変化を付けたかったんだけど、不十分かもしれないなぁ。でも、普通に出すよりは面白いから採用で。

余り物をパンに挟んでホットしていくと、カリッと香ばしい匂いが溢れる、三角形のホットサンドの出来上がり。

なんだか適当な気もするけど、雲雀と鶲は朝からしっかりガッツリもりもり食べる派なので、スピードも重要だったりする。

ホットサンドだけでは味気《あじけ》ないので、たまにはコーンスープでも、とお湯を沸かす。

急いでいたら、ホットサンドの具材をどう配分したか、忘れてしまった。


「適当にしすぎた……まぁいいか」


食べられるものしか入れていないので、中身が分からなくなっても気にしないでいこう。

食器棚からマグカップを出して、スプーンと、スープの素《もと》と、お湯と、あとは……。

そんなこんなやっていたら雲雀と鶲が起きたらしく、いつも通り騒がしく階段を下りて、洗面所へ向かっていった。

俺は運んでもらう料理をカウンターの上に並べ、片付けに手をつける。

あ、布巾と飲み物も用意しないと。

「つぐ兄ぃおっはよ〜！」
「おはよう、つぐ兄」

2人とも、あまり時間をかけずにリビングに現れたから、今日はいい具合にかみ合ったらしい。かみ合わないとグダグダしていて、端から見ると少し面白いんだよな。

「あぁ、おはよう。これ持って行ってくれると助かる」
「はぁ〜い」

2人に配膳をお願いしたら、俺もざっと片付けを終わらせ、エプロンを外して着席。

「ん、うまうま。どれも美味しい」
「中身がどうなってるか、忘れちゃったけどな」
「全部美味しいから大丈夫だよぉ。焼きたてハフハフだね」
「久々に食べると余計に美味しく感じるよ」

俺のちょっとしたやらかしにより、ロシアンルーレットになった気もするけど、雲雀も鶸もよく食べてくれる。本当に作りがいのある妹達だ。

朝からガッツリ食べた2人が、少し膨らんだお腹を撫でている。そして、コーンスープや飲み物の残りをゆっくり飲み干した。

少し時間が経ち、お腹がこなれた頃合いに、「あっ！」と雲雀が声を上げる。

完全に気を抜いていたので、ちょっぴりビクッとしたのは内緒。

兄としてのなけなしの威厳《いげん》を保つため、なるべく穏やかな表情を心がけ問いかける。

「いきなりどうした？」

「うん、あのね、今日は美紗ちゃんと一緒にゲームする日なんだ。それをつぐ兄ぃに伝えるっていうか、確認したくて」

「なるほど？」

美紗ちゃんがログインするには、俺の許可が必要だもんな。

そんなことが分かるくらいには、ゲームにも詳しくなってきた。

まぁ双子もいるし、美紗ちゃんの申請許可を見落とす俺ではないはず。多分。おそらく。

あとは学校の予定を聞いたり、今日のゲームの予定を聞いたり。

夕飯のリクエストがあるか尋ねたら、雲雀は「肉！」、鶲は「お野菜」といつも通り。

難しいものを言われるよりは、大雑把なほうが助かるのかもしれない。

しばらくのんびりしていたら、学校へ行く時間になった。

学校指定の鞄《かばん》を持った２人が騒がしく家を出ていく。

俺は玄関から彼女達を見送り、ポストの中身を回収して家に戻った。

そう言えば、ホットサンドの残りを昼食にしようと思ってたんだけど、残らなかったんだ。食べ盛りの妹達はすごいな。


「今日もいつも通りの予定で大丈夫かな」


食べたところを片付けて洗濯と適当な場所を掃除、まぁその都度《つど》なにかあったら変更するってことで。まずは朝食のあと片付けをして、雲雀と鶲の運動着の洗濯。

乾いたグラウンドで走るから、砂埃とかの汚れがすごいんだ。

環境配慮《はいりょ》済み、強力多目的洗浄剤《せんじょうざい》を使わないと落ちない。でも、これは運動部の宿命だな。

俺は運動がやや苦手で、趣味と実益を兼ねた料理部だった。

男が５人と少なくて、肩身が狭かった。

その頃はもう雲雀と鶲のために包丁を握っていたから、俺が先生みたいな感じになってたなぁ。懐かしい。

いろいろと考えていても、身体が勝手に動いて、きちんと皿を洗っている。

洗い終わった食器を拭き、食器棚に入れたら次は洗濯だ。

洗濯機を回している間に、明日はゴミの日だからザッと集めておくか。

「……時間がいくらあっても足りない」

やらなくちゃいけないことをリスト化して、順々にやっていけば良いんだろうけど、あとからあとからすべきことが出てくるのは、本当に謎。

でもこの忙しさ、嫌いじゃないぞ。なんてな。

身体はひとつしかないので、家事の取捨選択《しゅしゃせんたく》に四苦八苦《しくはっく》しつつ、なんとか夕方までに終わらせることができた。

雲雀と鶲の運動着もきっちり乾いており、畳《たた》んでいつも座るソファーの上に置く。

ええと、今日の夕飯はなににしようか？

長い間お世話になっている冷蔵庫と相談し、雲雀と鶲のリクエストにもあった通り、肉と野菜でなにか……。

キャベツと豚肉をたっぷり入れて、オムライスっぽくしてみるか。大皿で作って、皆で取り分けて食べるのも楽しいだろ、多分。

ご飯の入ったフライパンの重さに苦戦するが、雲雀と鶲の喜ぶ顔が見たいし、自分で考えたことはやり遂《と》げたい。

大皿オムライス食べたいと言う思いだけで、必死にフライパンを振るう。


「あ、帰ってきた」

玄関のあたりが騒がしくなり、雲雀と鶲が帰ってきたことに気づく。


「ただいま〜！　ご飯食べたら美紗ちゃんとゲーム、げ、え、む！」

「ただいま。雲雀ちゃん、すぐお風呂入らないとダメ」


部活帰りの2人は仲良く風呂に直行した。

俺の夕飯作業が終わるころ、ちょうどリビングに来るだろう。

風呂から上がった雲雀と鶲は大きなオムライスに目を輝かせ、さっそくいただきます。

オムライスがなくなるまで、なんと驚異《きょうい》の15分。

キャベツとニンジン、タマネギ、輪切《わぎ》りにしたソーセージを入れたスープや、簡単サラダも作ったのに、あっという間になくなった。

夕飯も食べ終わり満腹のお腹も少し慣れてきたころ、ゲームをしたくてたまらない雲雀が俺の手をつかんだ。

「つぐ兄ぃ早く早く！」

そして、ソファーに座った瞬間に、ヘッドセットを手渡される。

分かった分かったと、グイグイ来る雲雀を落ち着かせ、ヘッドセットをかぶる俺。

美紗ちゃんには抜かりなく連絡してあるみたいだし、食器も水に浸けてあるから心配事はない。

対面に座り、いそいそとヘッドセットをかぶる雲雀と鶲を見ながら、自身のヘッドセットに付いているボタンを押す。

あとは身を委《ゆだ》ねるだけの簡単な作業だ。

◆　◆　◆

海辺の強い風が、ログインしたての無防備な俺に襲いかかる。

俺は、強くはためくフード付きコートの合わせ目を思わず握った。

あ、ヒバリとヒタキが来るまでにリグ達を喚び出しておかないと。なんたって、今日は美紗ちゃんもいるからな。

リグ達と再会し、ヒバリ達もログインし、俺の目の前には美紗ちゃんをログインさせるか否《いな》かのウインドウが現れる。

もちろんＯＫだ。


「今日もよろしくお願いいたしますわ、ツグ兄様」


許可すると、すぐにその姿が現れた。

美紗ちゃん改めミィが、強い風で暴《あば》れるポニーテールを押さえてニッコリと微笑む。

久々にゲームをやれて嬉しいのか、狼耳と尻尾が忙《せわ》しなく動いていた。

今日の予定をザッと確認しようと、中央広場の邪魔にならない場所へ移動。

「楽しみすぎて夜にしか眠れませんでしたの！」

「む、夜に寝るのはとても健全《けんぜん》優良児」

ウキウキしているのか、とても輝かしい表情で言うミィ。それに対し、至《いた》って真顔のヒタキが何度も頷きながら返事をしていた。

これはアレだな。いきなり面白いことを言われたから、突《つ》っ込《こ》めずに普通に返事をしてしまった！　って感じ。

ヒタキはちょっと悔しそうな表情をしている。楽しいことを追求するのはいいと思うよ。

俺も「皆でゲーム嬉しいなぁ」とふわふわ笑っているヒバリを見習おう。

気を取り直して、今日の予定は、前々から言っていた空中都市に行くこと。以上。

こういった予定は、あまり細かく決めすぎないほうが良いと思う。

ミィのテンションも落ち着いてきたので、そろそろ移動の魔法陣がある建物に向かうとするか。

集落の北側に建てられている、大きな石造りの建物。

到着すると、先頭に立っていたヒバリが元気よく、入り口を守る兵士に話しかけた。

「おはようございます！　えっと私、天使族なんですけど、皆も連れて行けます、か？」

『あぁ、資格があり悪意のない者は大歓迎だ。しかし、君達のご両親はどんな種族なんだ？　今は少し珍しいくらいだけども』

まぁ確かに、俺は人だしヒバリは天使、ヒタキは悪魔でミィが狼。

いったい親はどんな種族だよって気になるよな。俺も気になる。

なにか設定を作るなら、先祖帰りとか多様性《たようせい》のある種族とか、きっとそんな感じ。

仲が良いというのはとても良いことだ。雑で申し訳ないけど。


「あはは〜、基本は人間ですよぉ」

『なるほどな。っと、不躾《ぶしつけ》ですまんかった。魔法陣の中心に立ってくれれば、すぐに発動するから』


兵士の人が道を空《あ》けてくれたので建物の中へ入り、言われた通り、魔法陣の真ん中に立つ。

その間に、俺はリグやメイ、小桜と小麦がいるかを確認した。

自分で考えて行動してくれるから心配はいらないけど、確認するのは大事だからね。


「ん、光った」

30秒くらいして、ヒタキの声が聞こえた。

魔法陣が輝き、一瞬だけ浮遊感に包まれる。

フワッとしてハッとしたら、もうそこは空中都市フェザーブランだった。

ぱっと見、緑と水の都市という感じで、穏やかな雰囲気があたりを包んでいる。

ポツポツと冒険者の姿も見え、なんとも言えない安心感を抱いた。

NPCの人々が少々物珍しげな視線を向けてくる。当然だ。俺達だって空中都市にいる人は気になるからな。お互い様と言うことで。

彼らは全体的に見目麗《みめうるわ》しく、背中から身の丈《たけ》ほどの羽を生やしていた。

白い建物、珍しい植物、そして雲ひとつない快晴。

それらのコントラストによって、まるで絵画《かいが》の中に入ったかのような錯覚《さっかく》に陥《おちい》ってしまう。

このフェザーブランも他の街と似た設計で助かった。浮遊している建物や、水路などの関係で多少ズレていたりするけど、迷子にならない安心感がある。

「はぁ～、ファンタジーの世界って素晴らしいねぇ」

「ん、ここに来られるとは思わなかった。来られて良かった」

感慨深《かんがいぶか》い様子で周りを見渡し、言葉を交わすヒバリとヒタキに、俺はうんうんと頷いておいた。

リグ達も忘れてしまったりせずに皆いるし、信頼と安心の中央広場で、落ち着くまで少し休憩。

「とても神秘的《しんぴてき》で、心が洗われますわ。確か、中央に建てられている大きな建物は、空を司《つかさど》る女神、スィカ様を敬《うやま》う教会だそうです。中のステンドグラスがとても素晴らしいので、一度行ってみたいですわ」

空《あ》いているベンチのひとつに腰を下ろし、気になった大きな建物を見ていたら、それに気づいたミィが説明してくれた。ありがたい。

ここでヒバリ達はなにをしたいのかよく分からないけど、ゆったり時間の流れるここでまったりするのなら大賛成。

ここにもダンジョンはあるみたいだけど、俺達は入れない強さだし。

俺が一番気になるのは、ここでしか手に入れることの出来ない食材とかかな。

そろそろ落ち着いたころだろうし、あたりを見て回っても良いかも。

俺達にとって新しい所というのは興味が尽きない。なにをするのでもなく、ただ散歩して回るだけでも楽しい。

興味津々にあたりを見渡していたヒバリ、リグ、メイがガックリ肩を落とした。

「ここもあんまり食べ物のお店出てないねぇ」

(*´・w・)

「シュ〜」

(・ェ・｀*)

「めめっめ、めぇめめめっ」

「む、需要《じゅよう》と供給の問題。悲しいけど致し方ない」

ギルドと作業場も、こぢんまりとしている。

気を取り直して元気よく立ち上がったヒバリは、自身の握り拳を天に突き上げた。

「気を取り直して、都市探検に行ってみよー！」

「おー」

「風光明媚《ふうこうめいび》ですものね。歩くだけでも楽しいと思いますわ」

ヒタキも立ち上がり若干《じゃっかん》適当な言葉を返し、ミィもゆったりと立ち上がって、小さく笑いながら楽しそうに返事をした。

まず探検とのことなので、俺もメイ達も立ち上がって、気の向くままに足を進めることとなる。

真っ白な建物のベランダや通りには緑が溢れている。

どこか海外のリゾート地に思えてくる。

ヒバリが、道の端に通っている水路が気になると言うので、なんとなく観光をしながらそれを追っていく。

どうやら水路の水は海へ流しているらしい。下を覗いてみても、よく分からなかった。

結構な高さがあるから、海には落ちず、霧散《むさん》していると思う。確か海外に、こういう感じの滝《たき》があった気がする。

転落防止用の柵があっても、危ないので覗くのはすぐにやめ、次はどこへ行こうか皆で意見を出し合った。

◆　◆　◆

国だとしても空に浮かぶ島なのでさほど広さはない。

他にもいくつか小島が浮かんではいるものの、俺達がいけるような場所ではなさそう。

ヒバリの大好きな食べ歩きもそんなに店がなく、ミィの言っていた教会へ行くことになりそうだ。

外観《がいかん》だけ見ても大きく綺麗な建物なので、中を見るのがとても楽しみ。

ついでと言ってはなんだけど、広場に戻る途中にある露天商《ろてんしょう》も見て回ろう。

ヒタキ先生によると、俺達がいけそうにない浮遊小島では、果物の栽培《さいばい》がされているとかなんとか。

珍しくて瑞々しい果物なので、食材としても買い込んでおかないとな。

新鮮で艶《つや》やかな果物を売る露天商を覗いたり、小物を売っている露天商を覗いたり。

その中でも一番ヒバリの反応が良かったのは、教会の近くにあったシロップや飴などで果物をコーティングしたフルーツ菓子。太陽の光にキラキラと反射し、輝いて宝石のようだ。

「リンゴ飴みたいなやつ！　キラキラ！　美味しそう！　掲示板にもオススメって書いてあったんだよねぇ」

「食べられる宝石というのはこういうことを言うのですね」

「もったいないけど、美味しいから食べちゃう」

もちろん俺達はフルーツ菓子を買い求め、各々好きなものを手にしては口に含んで表情を緩ませる。

ヒバリは王道のリンゴ、ヒタキはモモ、ミィは大粒のイチゴを選んでいた。

俺はキウイでリグ達はブドウ。

とは言っても、交換して食べたりするから各自で買う意味があまりなかったり。楽しいからいいけど。

すぐにペロッと食べ終えた俺達は、当初の目的である、空の女神を祀《まつ》る教会へと歩を進めた。

教会の入り口には、見事な大輪《たいりん》の花を咲《さ》かせるバラの生《い》け垣《がき》があり、思わず足を止めて見惚《みと》れてしまう。

入り口は広々としたスペースがあるから、俺達が足を止めても、他の人の邪魔にはならないと思う。

大輪のバラを堪能した俺達は歩き出そうとするけど、先頭を歩いていたヒバリが足を止め、こちらを振り返って、疑問を口にする。

「ええと、特に決まり事はないから、このまま中に入っても怒られることはない……よね？」

大体の教会って一般公開されているような？

そんなフワフワな考えを肯定《こうてい》するように、ヒタキとミィが笑顔で頷いた。

「ん、悪いことをしてなければ全ての人を受け入れる」

「それは、創世の女神エミエール様が徹底《てってい》したことでもある、と歴史考察スレッドで見ましたわ。魔物がいるんですもの、皆で仲良くしなければ世界はすぐにでも滅《ほろ》んでしまいます」

「皆仲良く、は大事だよねぇ」

「へぇ」

なるほど。たかがゲームの設定だと鼻で笑う人もいるかもしれないけど、こういうのも味があっていいと思うよ。

ええとあれだ、人の共通敵がいるから仲が良い。みたいな？

まぁそれは置いておき、今日さっき来たばかりの冒険者でも教会の中に入れる。それが分かるだけでいいさ。うんうん。

そんなこんなで、俺達は大きく開かれた教会の中へと入っていく。

厳《おごそ》かな空気と神聖な雰囲気に圧倒されるかと思いきや、利用者への配慮なのか、どこかの店の待合室……みたいな、なごやかな雰囲気。

さすがに奥にある礼拝堂《れいはいどう》は、ピンとした張り詰めた空気が流れているけど。

「ツグ兄ぃ様、ここの見所は天井のステンドグラスですわ。太陽で明るく色鮮《いろあざ》やかに輝き、夕暮れ時に篝火《かがりび》で艶《あで》やかに照らされ、ロマンチックなのだと。現に頭上のステンドグラスは鮮やかで素敵です！」

「月並みの言葉しか言えないけど、本当に見事な物だ。色ガラスをあれだけ細かに組み合わせるのは時間がかかっただろうなぁ」

周りの人達も楽しげにお喋りをしていたりするけど、声量を落としながらミィが興奮《こうふん》したように話してくる。

中央に波打つ太陽のように輝く金髪と、伏せ気味の藍色《あいいろ》の目を持つ美しい女神がきっと女神エミエールで、周りにいる様々な女性達が他の女神ということだろう。

女神エミエール像はよく見るけど、他の女神達はよく分からん。

ミィと一緒にステンドグラスを見上げていたら、ススーッと小さな音を立てて、ヒタキが近寄ってきて一言。

「ふふ、職人が手間暇《てまひま》かけて育てました」

「それはちょっと違う気がするよぉ」

ヒバリのふへっとしたツッコミに全力で同意しつつ、他の場所も見て回ろうと俺達は歩き出す。

壁にも天井ほどではないにしろ、見事なステンドグラスと、女神を象《かたど》った石像が並んでいるからね。

壁のステンドグラスは、創世の女神エミエールがこの世界を創造し、１人１人新たな女神達を生み出した時のことを描《えが》いているらしい。

石像はステンドグラスに描かれた女神を模《も》していて、なんだか女神のバーゲンセールのようだと思ってしまった。

他の人達と同じようにゆっくりたっぷり堪能し終え、せっかくだからと礼拝堂へと足を進める。

近くにいたＮＰＣのシスターに、リグ達も入って大丈夫か確かめたし、隅っこのほうでなにかしらを祈ろう。

さすがに中央にある女神像はエミエールではなく、慈愛《じあい》に満ちた笑みを浮かべる、空を司る女神スィカの像。

礼拝堂の隅っこを陣取り、小声で楽しそうに祈るヒバリ達。

「むふふ、おがんどこ～。えっとえっと、いっぱいいいっぱい楽しい冒険ができますようにっと」

「ヒバリちゃん……」

「ふふ、とてもヒバリちゃんらしいと思いますわ。そして、わたしも少々女神様にお祈りしようかと」

「ん、じゃあ私も」

ヒバリはなにかを頼むような両手合わせスタイルで、ヒタキは両手を組み合わせるスタイル。

ミィは胸に手を置くスタイルで、なぜか視界に入ったメイは両手を掲げて目を閉じている。ちょっと面白い。

俺もとりあえず祈っておこうか。

そうだなぁ。ヒバリ達が今まで通り安心安全運転で旅をしてくれますように、とかかな。

危ないことはしないように、って俺の言いつけを守ってくれているから杞憂《きゆう》なんだろうけど、これくらいしか思いつかん。

お祈りというか拝《おが》み倒すというか、なんとも言い難いことをしていたヒバリがポツリと呟く。

「むふふ、いつかエミエール様の本拠地《ほんきょち》？　も行ってみたいねぇ」

「む？　ほんきょち？」

ヒタキがゆっくり復唱《ふくしょう》し、どんどん首を傾げていく。

まぁヒバリらしくて良いんじゃないだろうか。実は俺もなんて言うのか分からないし。本部？

分からないことは、あとで調べるなりなんなりしておくとして、隅っこだとしてもあまりいるのも悪いので、用が済んだら足早に教会から出る。

もちろん出たあとに行くのは噴水広場。

興奮気味のヒバリ達の話を聞きながら、また宝石のようにキラキラ輝くフルーツ菓子を買って、噴水広場へ戻った。

冒険者が少ないから、ベンチはどこでも選び放題。いつもの癖で隅のベンチに座り一息。

2度目だとしても美味しいものは美味しいので、ヒバリ達はご満悦《まんえつ》な様子。

「んん～、おいひぃ～」

「ん、どの果物も良い。美味しくて100点満点」

「そうですわね。果物をたくさん買って、ツグ兄様にたくさんデザートを作ってもらいましょう」

「めっめぇ！」

ミィの言葉に、俺は若干苦笑してしまうが、楽しみにしてくれているなら苦でもなんでもない。良い果物をあとで買いに行こう。

膝上に乗せているリグに食べかけで悪いけどスライスされたオレンジの菓子をあげ、飛びつくように食べ始めたリグの背中を撫でる。

見慣れたギルドの看板を見ながら一番近くにいたヒバリに問いかける。

「なぁ、ここのギルドにもいろいろクエストがあるんだろう？」

「え？　うん。あるはずだけど」

大したことじゃないんだけど、どうせならご当地クエストってのをやってみたら良いんじゃないか？

「だったらたくさんの果物代金を稼がないか？　魔物退治が大好きなおかげで金欠ではないんだけど、あるに越《こ》したことはないからな」

「えぇえぇ、そうですわね。次の目的地はギルドですわ！」

のんびりお喋りしているのも楽しいけど、いろいろやったほうが楽しめると思うからね。

表情を輝かせたミィがきちんとメイを抱き上げながら立ち上がり、今にも走って行きそうな様子だったので、ヒバリとヒタキと一緒に落ち着かせた。

転んだら痛くは……ないけど恥ずかしいし。

ちなみに魔物退治が大好き、と言うのは、主に拳で魔物の群れに突っ込む仔狼ちゃんと、大鉄槌を持って魔物の群れに突っ込んでいく羊ちゃんのこと。

えぇーだれだろーなーわからないなー。なんてな。

◆　◆　◆

ギルドと作業場は見慣れた看板がなければ、見落としてしまいそうなほど周りの景色に溶け込んでいる。

なるほど、これがこの間のアップデートの影響か。

1人で納得しながら、白木《しらき》で作られたウエスタンドアを開く。

さすがに中はいつも通りで安心。

あまりギルドがいらないのか、中は他の都市よりも3分の1ほど小さく、飲食スペース

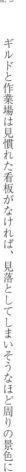

もテーブルがふたつと椅子が8つだけ。

　テーブルのひとつはプレイヤー冒険者で埋まっており、楽しそうに談笑《だんしょう》している声がこちらまで聞こえてきた。

　ギルド職員の人達も表情が和やかで、非常にまったりしていて、とてもいい雰囲気だと思う。


「ご依頼掲示板はこっち～」

「わたし達でも出来るクエストがあれば良いですわね」

「むむっ、ちょっと少ない……かも？」


　ルンルン気分のヒバリを先頭に、連れ立ってクエストボードの前へ。

　いつもならいくつもの種類に分けられ貼《は》られているクエスト用紙も、1枚のボードになんとなく分けられ貼られていた。

　でもまぁ、街や村もこのくらいだったし、クエストがないってことは平和って解釈をしてもいいだろう。多分。


「空を飛ぶのが前提のクエスト、やっぱり多い……」

「見習い天使にはちょっと荷が重いなぁ。うーん」

「お使い系もあるから、人数が必要そうなクエストを……」


数が少ないから選びやすいかと思いきや、選ぶのに苦戦している。

ヒバリとヒタキが見習いではなくなれば、飛ぶこともできるみたいだけど、今のレベルでは現実的じゃない。

俺が言い出したことだけど、こんなに悩むとは。

危なそうなものは除外《じょがい》して、尚且《なおか》つ俺達が全員でできるクエスト。

ヒバリ達が届かない上のほうは俺が見ているんだけど、なかなかこれといったものを見つけることができなかった。

前に面白いクエストを見つけてくれたメイを見るも、クエストボードに興味なさげだ。

ううん、残念。

俺達がやれそうなことと言ったら、これとか良いかもしれない。

先ほど行ったばかりの教会の清掃《せいそう》。

これなら俺達もある程度役に立つ……と思う。

ヒバリ達が取るには、少し高すぎる位置に貼られたクエスト用紙を取り、悩んでいる彼女達に見せた。

「これなら教会も綺麗になるし良いんじゃないか？」

「おっ、これはなかなか良いクエスト！」

「大晦日《おおみそか》の大掃除、みたいな感じでしょうか？」

「ん、報酬も……」


クエスト用紙を彼女達に見せた途端、名案だと言わんばかりにヒバリが表情を輝かせた。

ミィはクエストの内容に首を傾げ、ヒタキは用紙をしげしげ眺めていた。

教会の大清掃クエストだから、冒険者だろうとなんだろうと、猫の手でも借りたいんだろうな。皆のことを助けてくれる大事な施設だし、ピカピカにするぞ。

そうと決まれば、ヒバリ達と一緒にギルドの受付へ行く。

天使の羽が生えた受付さんから、『助かります。ホントに助かります！』と言われたので、本当に猫の手でも借りたいらしい。

いったん噴水広場に戻り、もう一度クエスト内容の確認や必要なものがないか確認。

「どこを掃除するのか分からないけど、私達のやる気が試される気がするよ。頑張りが火を噴くね！」

（｀・ェ・´）


「めめっめ、めぇめめめ！」

「ん、メイもやる気モリモリ。私もモリモリ」

まぁ必要な掃除道具などは教会が用意してくれるし、本当に必要なものはやる気だな。

ログインしてきてまだ朝と言ってもいい時間だからたくさん掃除できるぞ。

あ、ちなみにクエストはこんな感じの文章。

【フェザーブラン教会の清掃】
【依頼者】フェザーブラン教会
教会の大清掃の時期になりました。お手伝いしていただける方を募集《ぼしゅう》しております。掃除道具などはこちらで貸し出します。教会の入り口にいるシスターへ話しかけてください。
【ランク】E～F
【報酬】1人8000M。

特にこれと言った準備もないので、やる気満々な俺達は手ぶらで教会へと逆戻り。

教会の入り口に、きちんとクエスト用のアイコンが浮かぶシスターがおり、元気なヒバリが走り寄って話しかけた。

シスターは俺達の人数を見てたいそう喜んでくれた。

すぐさま『どこをお掃除してもらおうかしら？』と悩み出す。

「俺達は冒険者ですので力も強いと思います。ですから、普段はできないようなところなんていかがでしょうか？」

『あらホント？　じゃあそうねぇ……』

ものすごく悩むシスターに向けて咄嗟《とっさ》に出た言葉にしては、模範《もはん》解答で二重丸をもらえるんじゃないだろうか。

今回はなんと、攻撃力でもあるＳＴＲが高いミィ先生もおられることだし、どこを割り振られても大丈夫だと思う。

シスターが出した結論は、石畳《いしだたみ》の掃除だった。

掃除を頼んでも、皆いつもすぐ汗だくになって、すぐ泥《どろ》のように眠ってしまうらしい。

人数分のデッキブラシに手袋、２個の木のバケツ、石畳の間にこびり付いた苔《こけ》を削《そ》ぐヘラ、スライムスターチと洗浄花を配合した環境に優しい薬剤を受け取った。

好きな場所から掃除して良いと。

シスターは今日ずっと入り口回りの清掃と、俺達のような外部から清掃に来た人の対応をするらしい。なにか分からないことがあれば聞きに来てほしい、と言っていた。

教会もいろいろと忙しそうだな。

渡された荷物を持ち、人の少なそうな半日向《はんひなた》の場所へ行き清掃の準備。

石畳から外れた場所は芝生《しばふ》が敷かれているので、メイはできないこともないだろうけど、リグ達といてもらう。

「ツグ兄ぃ、まずなにしたらいいかなぁ？」

デッキブラシを腕に抱えたまま、ヒバリが俺に聞いてきた。

とりあえず掃除道具は俺のインベントリにしまおうかな。邪魔になるかもしれないし。

「最初にやるなら苔のお掃除だな」

苔は暗くて湿《しめ》り気《け》があると割りとどこにでも生えてくる。石畳の隙間《すきま》も例外ではなく、隙間を這うように、みっちり成長していて削ぎがいがありそうだ。

次に石畳の掃除をして、それらの行動をただひたすら繰り返す……と。

簡単に説明しながらヒバリ達にヘラを渡し、苔の掃除をするため膝をついて石畳の隙間をホジホジほじくる。


「ふふ、なかなかに趣《おもむき》のある面白さですわ」

「ん、綺麗になっていく姿を見るのはとても心地よき」

「むふふ。ちょうど良い感じの広さと長さだし、ここの通路ピカピカにしちゃうぞ～！」

「おー」


皆で楽しくお喋りしながら苔をほじり、時間をかければかけるだけ苔はなくなり、隅に苔の山が積み上がっていく。

楽しく話していても、ちゃんと苔をほじる手は止まらない。

山となった苔も、放っておけば勝手に消えるから気にしなくても大丈夫。

太陽の光が当たった芝生はポカポカと暖かいらしく、リグ達が団子のように丸まって寝ている。

そんな癒やされる光景を見ながら、ただただひたすら苔をほじり終えて一息。

疲れを知らない冒険者が４人って割りとすごいよな。頑張って掃除していこう。


「次はデッキブラシで掃除するぞ。あ、水場を聞き忘れてたな」

ヘラをしまってデッキブラシと木のバケツを取り出し、そう言えばとあたりを見渡しながら苦笑してしまう。

「……むっふっふ、ツグ兄ぃ私には水魔法があるのだよ！」

「おー」

ヒバリがスッと俺に寄ってきて、変な笑い声を響かせたと思いきや、胸を張りながら宣言した。頼もしい。

そしてヒタキはさっきから「おー」としか言ってないけど、本人が楽しそうだから良いか。

◆　◆　◆

ヒバリの水魔法は、あまり使っていないからレベルが低いけど、水を出すだけなら問題ない。

最初に覚えている【ウォーターボール】をバケツの中に入れてもらい、適当な範囲に水を撒いていく。

そのままヒバリに水を撒いてもらえば良いと思うだろうけど、やってから気づいたので、いろいろと気にしない方向で。

ウインドウを開いていたら、ヒタキが話しながら手元を覗いてきた。


「ツグ兄、お花の薬剤パラパラ？」

「あぁ、この粉をうっすら石畳にかけて、デッキブラシでひたすらこすって掃除だな」


目的の薬剤を取り出し袋の紐《ひも》を緩め、少しだけ中を見る。

中にはピンクがかった粉と、赤みがかった花びらのようなものが入っていた。

開けた途端にミィがクンクン鼻を寄せてきた。


「こちらの洗剤、とても優しくて良い香りですわ」


薬剤はとても良い香りがして、普通に香り袋として懐に忍ばせても良さそうだ。

とまぁそんなこんなで3人の手に薬剤を乗せ、全体的にパッパと撒いてもらう。

これであとはひたすら石畳をこすればいい。なんだか普通の石畳ではなさそうなので、痛むことはなさそう。

石畳全体が良い感じに水で濡れ、これまた良い感じにピンクがかった粉で塗れている。

端から見たら意味不明な行動かもしれないけど、今からデッキブラシで掃除するので問題なし。

一応、遠くにも俺達みたいに掃除をしている人達もいるからね。


「よぉし、ピカピカにお掃除しちゃうぞ～！」

「おー」

「綺麗になると心地よいですものね、頑張らせていただきますわ」


皆でデッキブラシを持ち、ひたすらゴシゴシ擦《こす》る。

シスターからもらった薬剤は泡立ちがとても良い。泡が立つとより匂いがして、掃除をする手にも力が入るってものだ。

石畳の色の関係でそんなに汚れていないと思っていたんだけど、擦れば擦るほど泡の色が灰色がかってきて、綺麗にしなければって謎の使命感が……。

外の広い通路を掃除するのは大変なんだと、しみじみ思ってしまう。

何回水を流して薬剤を撒いてデッキブラシで擦っても、同じように灰色の泡と化すので、俺達は躍起《やっき》になっていた。

始めたころは朝に近い時間だった気もするけど、今は頭上にある教会の鐘《かね》がお昼だと鳴り響いた。

「ほわぁっ、ほぼ無心でやってたね」

「ん。やる気に満ちあふれてた」

「ふふ、そのおかげで石畳はとても綺麗になりましたわ」

「これならシスターも満足してくれるかもな。お疲れさま」

鐘の音にバッと顔を上げたのはヒバリで、ヒバリの言葉に同意するかのようにヒタキとメイも話し出す。

やる気というより、魔物相手の殺《や》る気に近かった気もするが、頑張ったことには変わりないので、心の奥底に封印《ふういん》しようと思う。

「ん？」

これくらいで良いかとシスターに言いに行こうとしたら、教会の中がなにやら騒がしくなっていることに気づく。

喧嘩だの魔物だのの騒がしさではなく、どちらかと言えば、面白いものを見ている感じの騒がしさ。

俺達も通路から中を覗き込むと、なんとなくだけどその理由が分かった。

簡単に言うと、箒《ほうき》が独りでに動いているのだ。

なんだ？　ヒバリ達とじっくりたっぷり独りでに動く箒を見ていたら、いつの間にか背後に人がいた。

次の瞬間「おーっほっほっほっほっほ！」と高笑《たかわら》いが通路に木霊《こだま》した。

リグ達が反応しなかったってことは、悪い人ではないんだろうけど、ビックリして慌てて振り返ってしまった。

振り返った先には、レースがふんだんにあしらわれた、ヴィクトリアン調のドレスを着こなす、大きな縦《たて》ロールが印象的な女性が立っていた。

ドレスと同じ、繊細《せんさい》なレース手袋をはめた手で日傘《ひがさ》を差し、それをクルクル回しながら、もう一度高笑い。

見ていて気持ちの良い高笑いだ。板についている。

「ふふ、気になるでしょう？　とっても気になるでしょう？　わたくしのウルトラスーパーハイパーミラクル頭脳が編《あ》み出した、お掃除の付与魔法ですの。自分の才能が怖いですわ！　ひれ伏しても良いのよ！　崇めてくださっても良いのよ！　おーっほっほっほっほ！」

「は、はぁ……」

なんだか自分でテンションを上げている縦ロールの人の言葉に、俺達は曖昧《あいまい》な返事しかできなかった。

だが縦ロールはあまり気にしないらしく、通路に木霊する高笑いを続け、挙《あ》げ句の果てにむせた。

俺達もただただポカンと見ている訳ではない。

教会の入り口から「お嬢様！」と走ってくる人影にも気づいているし、ヒタキが本当に楽しそうだからまぁいいかなって。

ミィは耳と尻尾が感情に連動していて、ヒバリとヒタキは背中の羽が感情に連動している。楽しいとそれらがパタパタ動くんだ。

そう言えば、縦ロールお嬢様も、今息を切らせて走ってきたロマンスグレーの執事《しつじ》っぽい人も、NPCではない。

いろいろと謎だが、なんだか面白そうな会話をしているので放っておこう。

「おっ、お嬢様！　お嬢様がおられませんと。この爺《じい》、お話しを聞くだけならできますが、交渉《こうしょう》などはできませんぞ。皆様も大変困っておられました、ささっお戻りを」

「あらセバスチャン。本当はもっとこの方々に、わたくしのウルトラスーパーハイパーミラクル頭脳が編み出した、世紀の大発見スペシャルスペクタクル付与魔法を自慢したかったのですけど……。求められることはわたくしの宿命ですものね。行きましょう、セバスチャン」

「爺は生まれて以来、ずっと田中ですぞ、お嬢様」


銀髪赤目の縦ロールお嬢様は、ロマンスグレーの執事に連れられ、教会の中へと入っていった。

執事は最後お辞儀《じぎ》をすることを忘れなかった。

キャラが濃すぎて、しばらく忘れられないだろうな、ってことしか考えられない。

ヒバリもヒタキもミィも楽しかったなら構わないし、リグ達も太陽の日差しを浴びてグッスリ寝られたらしい。

ええと、掃除の報告がしたいからとシスターを探すと、来たときと同じく入り口のあたりにいて、箒で掃き掃除をしていた。

「あ、私が報告してくるよ！」

シスターを呼びに行く係はすぐさま走り出したヒバリに決まり、彼女が連れてくるまで俺達はいろいろと最終確認をしたり掃除道具をインベントリから出したり。

これもなんだか仕様が変更されたらしく、ＮＰＣから渡されたＮＰＣの物は時間経過でも消えないようになったとのこと。

プレイヤーの物はいつも通り、一定時間で消えるから気をつけないとな。

「お待たせ～！」

そんなこんなでヒバリがシスターを連れてきてくれた。

彼女は俺達が綺麗にした通路を見るや否《いな》や迫《せま》る勢いで、空のスィカ様教に入らないか！と背中の羽をバッサバッサ羽ばたかせる。

羽が勢いよく抜けて飛び散《ち》ってるからやめて欲しい。

そうだよなぁ、掃除は体力使うもんな。人手は多いほうが良いよな。

今日は面白訪問販売も来たし、いろいろと教会も忙しくなってしまったらしい。

主なことは俺達が１日かけてやる場所を半日で終わらせたのがアレだけど、これにて教会の掃除クエストはクリアだと、シスターからクエスト達成用紙をもらう。

最後の最後まで、教会に入信してほしいなぁ、とチラチラ見ながら言われたけど、冒険者なのでと言えばそこまでとなる。

暇になったらまた掃除クエストを受けて欲しいと言われたが、それなら喜んでと返答。いつになるかは分からないけど。

教会入り口付近から離れようとした際、響き渡るほどの大きな高笑いが聞こえてきた。


「……ま、まだ訪問販売続いてるみたいだね」


ヒバリが思わずといった感じで呟く。あ、俺と同じような表現方法を使っているみたいだな。うんうん。

短い接触《せっしょく》だったけど、俺達の脳裏《のうり》に焼き付いたお嬢様は放っておき、俺達はギルドへ向かうため歩き出した。

◆　◆　◆

穏やかな雰囲気の流れるギルドに足を踏《ふ》み入れると、先ほどはいた冒険者がいなくなっていることに気づく。

まぁ、だからどうしたと言われたら困るんだけど、なんのクエストを選んだのか少し気になる。

冒険者がほとんどいないからと言って、入り口のあたりで立っていたら、兄として悪いお手本になってしまうので、少しだけ足早に受付へ。

こういうときのヒバリはとても動きが早く、誰よりも速く口を開き、受付の人を呼んだ。

「すみませ～ん、クエスト終わりました～！」

『あ、はーい。ではクエスト達成用紙の提出をお願いします』

書類仕事をしていたようだけど、ヒバリの声を聞いてすぐに来てくれる。

細かい決まり事もないから、すぐに手続きは終わり、無事に4人分の報酬をもらった。

時刻はお昼を少し過ぎたところ。明日も学校だが、せっかくミィがいるし、せめて夜になるまで楽しみたいよな。

全くなにも知らない状態も楽しいが、どうしたものかと頭を悩ませてしまうのもある。

だが俺には妹達がいるので問題ない。

いったんギルドを出て、冒険者達の少ない中央広場まで戻る。

適当なベンチに腰掛け、各自リグ達を足の上に乗せ、皆と取り留《と》めのない話を始めた。きっちり予定を立てていない結果というか、お喋りするの楽しいよねっていうアレだと思う。うん、アレアレ。

「住民さん向けのお店にいってみるのも手かなぁ、って思う。ここでしか売ってない物も多いと思う！　最近はやってないけど、武器の手入れもしたほうが良いかもしれないし」

「そうですね。己の身を守る物は、常に手入れをしないとですし、普通に歩くだけでも楽しいですわ」

「ん、ブラブラするのもまたいっきょ……ん？」

ヒバリの提案にミィが何度も頷き、ヒタキもまた同じように頷こうとしたんだけど、なにかに気づいたようにふと顔を教会方面へと向けた。

「どうしたヒタ……」

なんと先ほど芸術点をあげても良いほどの高笑いをしてくれたお嬢様と、セバスチャンと呼ばれていた執事が、真っ直ぐこちらへ向かってくるではないか。

どうやら俺達になにか頼み事があるらしく、元気の良い高笑いと共に、こちらも見事な縦ロールを後ろへと払い上げ話し出す。

「ごきげんよう、プレイヤー冒険者の皆様方。少しばかり美味しいクエストがあるのだけど、お暇なら一緒にいかが？」

「お嬢様、それでは詐欺師《さぎし》の口上《こうじょう》のようですぞ」

「きちんと公平なギルドを間に挟んで、対等な契約をしますわ！　セバスチャンは黙《だま》ってなさい！　詐欺でもなんでもありません。人の数が必要ですの。よろしければ参加なさってくださいな」

なんだか漫才のような会話が続く。楽しいは楽しいんだけど、話が進まないってのが難《なん》点《てん》だな。楽しいんだけど。

見世物《みせもの》を見るように眺めていたら、お嬢様が「はっ！」と声を出し、縦ロールと一緒に勢いよく首を振った。

そしてなにやら自身のウインドウを操作《そうさ》した。

すると、唐突に俺達のウインドウが開く。少々驚きながらもしっかり見てみれば、どうやら美味しいクエストとやらの内容が書かれていた。

【夕方前に来る超弩級龍・古《いにしえ》の背中を掃除】
【依頼者】シルヴィア・ベルガモット（プレイヤー）
教会のシスターがスィカ様から超弩級龍・古が来ると神託《しんたく》を受けました。都市の西側に来ますので、教会の鐘が2回鳴るときに集まってください。稀に、龍の鱗が手に入るかもしれません。
【ランク】E〜F
【報酬】1人1万M。

ええと、依頼はこのお嬢様が、ギルドを仲介《ちゅうかい》に発注した正式なものだと書いてある。

仕事の内容は、超弩級龍・古の広い背中を掃除してあげること……とか。

なんだか、今日は掃除に縁《えん》のある1日だな。

俺としては、頼まれればやぶさかでもない案件。だけどヒバリ達はどうなんだろう？

そう思って彼女達へ視線を向けると、心配はする必要もなかったと言わんばかりに、楽しそうな表情をしていた。

俺が見ていることに気づくと、ズズイッと顔を寄せてくる。近い近い。

「ツグ兄様、わたしの野生の勘が面白いことだと告げております。是非とも了承《りょうしょう》いたしましょう！」

「龍の背中を合法的に踏めるとか胸熱《むねあつ》」

「鱗も、すごく良い素材の筆頭《ひっとう》だよね。装備製作の素材とかに優秀で、生産職の人は喉《のど》から手が出るくらい欲しいとかなんとか」

三者三様《さんしゃさんよう》の考え方と話が面白いので、もう少し放っておきたい気もする。けど、お嬢様がソワソワし始めたのでやめておこう。

参加する旨を彼女に伝えると、途端に表情が輝き、すぐに芸術点の高い見事な高笑いが始まった。

そして、「時間厳守《げんしゅ》ですわ！」と言って去っていく。

「楽しいクエストになるといいなぁ」

「そうですわね。きっと忘れられない体験ができますわ」

「なんという見事なフラグ。だけど面白そうだから良き良き」

お嬢様ことシルヴィアさんの背中を眺めながら、楽しそうに会話を始める3人娘。

ヒタキの言ったように、俺もなんだか面白いことが起きるような気がしてならない。もちろん皆が楽しくなれば、って注釈《ちゅうしゃく》がつくけど。

ええと、今の時間はお昼を過ぎた頃合い。

クエストの集合時間は、教会の鐘が2回鳴るときだ。

これは1～6回の鐘の音で時間を大雑把に知らせているとかいうやつだな。夜の9時～朝の6時くらいは鳴らさないとか。こちらも信頼と安心のヒタキ先生談。

ウインドウを見ながら、ヒバリが指折り時間を数えている。


「えっと、集合時間は4時くらいで、今は1時ちょい前。3時間もあるけど、逆を言うなら3時間しかない」

「なら、この国からの脱出移動手段として考えている、モフモフパラダイスに行く？」

「モフモフパラダイス？」


ヒタキが俺のほうを見ながら、都市の東側を指差した。

モフモフパラダイスと聞いて、膝の上に乗せているリグ達を見てしまったけど、きっと違う。すぐにヒタキのほうへ視線を戻す。

俺が首を捻《ひね》った瞬間、待ってましたと言わんばかりにミィが口を開き、「グリフォン達ですわ！」と叫んだ。

グリフォン、とオウム返しのように何度か口にすると、なんとなく想像がつく。

粘《ねば》りけのある無色透明の液体で、石けん製造の副産物として得られる……のは、グリセリンだから違う。鷲《わし》の翼と上半身、獅子《しし》の下半身を持つ伝説上の生き物、だったか。

大興奮のミィによると、ここから別の都市から移動するときに、グリフォンに乗せてもらえるとかなんとか。

明日移動する予定だからわたしは参加できないけど！　って強調していたので、少し可《か》哀想《わいそう》に思い、インベントリから残り少ないお菓子を握らせた。

「ありがとうございますツグ兄様！　できれば現実でも、このように握らせていただけると嬉しいですわ」

「お、おぅ。任せとけ」

途端に元気になったミィの約束に頷くと、ヒバリとヒタキもキラキラした表情をしていたので、彼女達の分も作ることを約束。

なに作ろうか考えているときもすごく楽しいよなぁ。

ここでのお菓子の話は終わりにし、ベンチから立ち上がり、グリフォンがいるという場所へ向かうことに。

前に乗った犬ぞりのように、移動手段として牧場？　のようなものを経営している天使族がおり、グリフォンを借りて他の国にビューンって飛んでいけるらしい。ヒバリ談。

空を飛べる種族だからこそ、空を飛ぶ生き物を育てるのが上手いとかなんとか。

あ、ちなみにグリフォンは幻想生物で魔物じゃないらしい。よく分からん。

◆◆◆

しばらく街並みを探索しながらたどり着いたのは、クエクエと可愛らしい鳴き声が聞こえるグリフォン牧場。

木の柵に囲われた敷地《しきち》に5匹ほどのグリフォンがおり、俺達が近くを通ると近寄ってきて、人懐《ひとなつ》っこそうなクリクリの目を向けてきた。

「はぅわぁぁぁ、あう、はわわわわ」

「ヒバリちゃん、人の言葉を喋って欲しい。可愛いのは分かるけど、落ち着いて」

「わぅわわはわぁわ、分かってるぅぅぅ」

とても触りたそうに、自分の両頬を押さえて悶《もだ》えているヒバリ。それを宥《なだ》めるように、ヒタキがどうどうと肩を叩く。

牛のような温和な魔物、キュピに髪の毛を食べられた経験が生きているからか、決して触りに行こうとしない。

その成長度合いに俺は感動してしまった。あれは弄《もてあそ》ばれているにも等しかった。

俺達がゆっくりグリフォンを見ながら歩いていると、羽を持つ天使族の従業員が、リグ程度の小さなグリフォンを抱えて空から降りてくる。

容姿《ようし》の整った天使が作業服を着ている姿に、なんとも言えない感情を抱くけど、楽しそうなのでいいと思う。

今ではないけど、グリフォンに運んでもらいたい旨、珍しいから見に来た旨を伝えると、とても嬉しそうな表情をして柵の中へと招《まね》き入れられる。

慌てて、リグ達もグリフォンの柵の中へ入れてもいいのか尋ねた。

素晴らしい笑顔と共に、大丈夫とお墨付《すみつ》きをもらったので、少しばかり胸をなで下ろす。

「この子達は、ここにいるので全員なんですか？」

『んーん。他にも、自由に空を散歩してる子もいるし、人が好きじゃない子や小さな子供がいる番《つがい》なんかは、離れた浮遊島にいるよ』

リグは俺のフードへ入ったから放っておこう。

メイと小桜、小麦はグリフォンに興味がないのか、近くの柵にもたれ掛かって座り込んでいる。しかしグリフォンはメイ達を放っておけないらしい。

クルクル喉を鳴らしながら顔を寄せ、しきりに匂いを嗅《か》いでいる。俺のほうまで鼻息が聞こえてきた。

「あ、あの！　少し触ってもよろしいでしょうか？」

『おーいーよいーよー。柵の中にいる子達は人が大好きな子達ばかりだから。でも、自分から寄ってきた子だけにしてくれると嬉しいな。気分によっては嫌かもしれないからさ』

「ん、分かりました」

ヒバリ達が従業員に話しかけているのを横目に見ていたら、俺のほうにもグリフォンが寄ってきた。そして、リグの入っているフードの匂いを嗅ぎ始めた。

胸元に頭をグリグリと押しつけてきたので、おっかなびっくりでそっと触る。

手に伝わってきた感触は、とてもフワフワと柔らかく、温かい。

それと、なんだか優しい香り。大学時代の友人が言っていた、インコ臭なるものなんだろうか。

俺達が思い思いにグリフォン達と戯《たわむ》れていたら、空からもグリフォンが降りてきた。

これが本当のモフモフパラダイス……。

楽しい時間はすぐに過ぎてしまうもの。お嬢様との約束の時間に着々と近づいてくる。

多くのグリフォンにもみくちゃにされたヒバリ達はとても満足そうだ。

かく言う俺も、面白いくらいにもみくちゃにされ、グリフォンの羽をもらってしまった。

遊んでくれたお礼だとかなんとか。

時間だから帰る旨を伝えたら、従業員がまだ遊びたそうなグリフォンを押さえつつ、とても元気に見送ってくれた。

『遊んでくれてありがとね～！　また来てね～！』

なんだかすごくいい人だ。

ヒバリ達もグリフォンにメロメロだし、他の移動手段が思いつかないので、近いうちに絶対お世話になると思う。

しこたま匂いを嗅がれていたリグ達を連れ、とりあえずいつもの中央広場へ向かう。

ちなみに、教会の鐘はまだ2回鳴っていない。少しくらいなら前後しても良いと言っていたけど、どうなんだろ？　鳴るまで待っていようか。
まだグリフォンの羽が服についていたりするから、身繕《みづくろ》いしよう。
ちなみに、羽はかなりの時間消えないらしいから、のんびりゆっくりな。

「あらまー、こんなところにまで羽が入り込んでる」
「ん、最後のほうはもみくちゃにされてこの世の春だった」

俺もヒバリ達も、服の中に羽がいくつも入っていた。
互いに協力してあらかた取り終える。なんだか背中のあたりがムズムズするけど、多分気のせいだと思って放っておこう。

「この羽は全てツグ兄様に預けますわ。私達が持っていても、宝の持ち腐《ぐさ》れですもの」

ミィが羽をまとめて俺に差し出してくれたので、受け取ってインベントリにしまった。
やがて教会の鐘が２回鳴り、それに気づいた俺達は移動を始める。
空中都市の西側は、本当になにもない。
別の浮遊島もないから、あの大きな龍が来るには良いところ、だと思う。

集合場所だと思《おぼ》しきところには、俺達の他にも数人の冒険者と、天使族のＮＰＣが集まっていた。

先頭で指揮《しき》を執《と》っているのは当然、高笑いが遺産《いさん》級の素晴らしいお嬢様ことシルヴィアさん。

目が合うと、「来てくれて嬉しいですわ！　おーほっほっほっほ」と元気な高笑いをしてくれた。

「さて、クエストにも書いてあります通り、今日は皆様方に超弩級龍・古の背中を掃除してもらいます。簡単に言えば、このデッキブラシを持ち、ひたすら擦るだけの簡単なお仕事ですわ！　背中が痒《かゆ》いと暴れられては困りますもの、頑張ってくださいまし。もちろんわたくしも、力の限りゴシゴシします！　おーっほっほっほっほ」

今回は、隣にいる執事のツッコミがなかった。

冒険者もＮＰＣも気にした様子はなく、執事からデッキブラシを受け取っている。もしかしたら、ここにずっといるプレイヤーで、皆慣れているのかもしれない。

あ、スルースキルがすごいだけかも。分からんけど。

悶々《もんもん》と考えながら皆でデッキブラシを受け取り、適当な場所で龍が来るのを待機。

「あ、ツグ兄様、龍が来ましたわ！」

ふと興奮した声音のミィに袖《そで》を引っ張られ、そちらへ視線を向ける。

優美《ゆうび》な大型の龍が、ゆったりとした動きで都市へ横付けした。

横付けって、車か。いや、車っていうより飛行船か？　それとも気球？

いやそんなことより、大興奮して今にも龍の背中へ飛び移りそうなヒバリ達を宥めることのほうが先決だろう。

行きますわよ！　と、いの一番に突撃しそうなシルヴィアさん。

ところが意外にも皆をまとめており、執事が転落防止用の柵を外すや否や「乗り込みなさい！」って……ダメだ。やっぱりまとめてない。

よっぽどのことがない限り落ちないから大丈夫と言われても、ちょっと心配になるのは保護者の宿命。

まぁ、実際は俺がドジってしまわないか心配なんだけどな。飛べないし。

はしゃぐヒバリ達を連れ、恐る恐る龍の背中へ移った。

「生き物の背中、って感じはないいな」

「龍はこの世で神の次に強い生き物」

初めて龍の背中を踏んだ感想が、なんの捻《ひね》りもない平凡なものになってしまった。強《し》いて言うなら石畳より硬《かた》いけど、ちょっと弾力があるような？

まじまじ足下を見ていたらヒタキに話しかけられた。強いから硬いんだよ、ってことか。

「遠くから見たら綺麗だけど、苔っぽいね」

「お掃除のしがいがありますわ。頑張りましょう！」

ヒバリとミィの話し声が聞こえてきてもう一度自身の足下へ視線を向ければ、確かにこの感じは教会の石畳を彷彿《ほうふつ》させた。

神の次に強い龍の背中に苔が生えるとは……どれだけ生命力が強いんだ。

いやいやそういうのはあとにして、今は背中の掃除を第一に考えようか。

人数がこれだけいるとしても、龍の背中は広いし、頑張らないと終わらない予感がした。

◆　◆　◆

龍の背中から落ちないよう気をつけて、俺も配られたデッキブラシを握り、適当な場所でゴシゴシと擦り始める。

ぱっと見は綺麗なんだけど、かなり汚れていたらしい。

ブラシで擦れば擦るほど透《す》き通った鱗になっていき、光の加減で様々な色に輝いて綺麗だ。俺も達成感が湧いてきた。

真ん中のあたりでくつろぐメイ達を横目に、周りの人達と同じようにひたすら掃除していたら、ヒバリが寄ってきて話しかけてくる。

「ふっふっふ、良い感じに綺麗になってきたねぇ」

「頑張っているからな、皆」


ヒタキとミィはいつの間にかお嬢様と仲良くなって、一緒に掃除をしていた。

ヒバリは両手に持っていたデッキブラシを片手に持ち替え、着物ドレスの合わせ目に遠《えん》慮《りょ》なく手を突っ込み、手のひら大のなにかを取り出した。

虹色《にじいろ》に輝き、様々な色に変化している。まるで、俺達が掃除をしている龍の鱗のようなな……。

「むふふ、こちら龍の鱗になりまぁ～す。さっきデッキブラシでゴシゴシしてたら、ポロって取れたの！」

「え、珍しい素材じゃなかったんだっけ？」

「お嬢様が言うには、ちょうど良く生え替わりの時期が来たとかなんとか。いろんなものが良い感じに良くなった感じ？」

ヒバリが言いながら、そっと龍の鱗を俺に握らせてきた。

あ、ついでに説明見てみようか。

確か、作ったアイテムにしかレア度は表示されないけど、実はとてもレア度が高いかもしれない。貴重品みたいな？


【超弩級龍・古の鱗】

大雑把に言うなら抜け毛のようなもの。創世の時代から生きている超弩級龍の鱗は、どのような素材にしても最高級で、常に空を飛んでいるため入手が絶望《ぜつぼう》的に難しい。


うん、落とさないようにできるだけ早く、インベントリの中へしまう。

「なるほどなるほど。ラッキー程度に思っとこう」

「いちごいちえ的なアレだよ、うんうん」


俺とヒバリ、どんどん適当になってきている気がする。でもまぁこれが性格ってもの。

2人で気の抜けた風に笑い合い、ヒタキとミィのところへ向かう。

お嬢様と執事がいるとは言っても、ちょっと心配だからな。ほら、ヒタキもミィも暴走《ぼうそう》娘《むすめ》だから。

ええと、お嬢様達は他のところへ行ってしまったらしく、姿が見えなかった。

2人に掃除の進捗《しんちょく》を聞くと、バッチリだとの答えが返ってきた。

ヒタキが言うに、ヒバリのように、超弩級龍の鱗を手に入れた人が数人いたらしい。

それによって、皆の掃除をする手が速まったっぽい。

かなり広範囲が綺麗になった、かも。

あたりが暗くなる前には、クエストの発注者であるお嬢様も満足したようで、夕焼けに輝く龍の背中から皆で下りた。

最後に執事が、転落防止用の柵を元の位置へ直す。

リグ達を龍の背中に忘れたりしていないか改めて確認していたら、いつの間にかお嬢様ことシルヴィアが話し出した。

「皆様方、今日はお疲れさまでしたわ。皆様方のおかげで超弩級龍・古の背中はピカピカになり、彼も満足のようです。わたくしもいろいろと満足しておりますわ、おーっほっほっほっほ！」

「こちらにクエスト達成用紙を用意しておりますぞ」

「これがないと労働の対価がもらえませんわ。お行儀良く並んで、忘れずに受け取りなさい」

執事が自身のウインドウからアタッシュケースのようなものを取り出し、パカッと開け放つ。

中に入っていたのは見慣れてきた紙の束《たば》で、紛《まぎ》れもないクエスト達成用紙。

ああいうのちょっと格好いいかも。

クエスト達成用紙をもらうため、俺達はゆっくりとした足取りで列に並んだ。

そこまで急いでいないから一番後ろでも構わない。

紙を1枚渡すだけだから、このスピードならすぐに順番が回ってくると思う。

ちなみに超弩級龍・古はもう用がない、と言わんばかりに空中都市から離れている。

背中の掃除が自分でできない龍……大きいのも考え物だ。

「ねぇねぇツグ兄ぃ、シルヴィアちゃんとお友達になりたいんだけどいいかな？」

「え、別に俺の……って、そうか。15歳以下は、保護者の許可がないとできないんだっけ」

「ん、そうそう」

「もちろん大丈夫だよ」


そう答えた瞬間、ミィが待ってましたと言わんばかりに、食い気味で「ありがとうございます！」と言い、今にも走って行きそうになった。

そんな彼女をメイが慌てた様子で足にしがみついて止める。

あ、ありがとうメイ。今度料理を作るとき、メイの好きなものいっぱい作るからな。

なんやかんや話していたら俺達の順番が来て、執事からクエスト達成用紙をもらった。

ヒバリ達がお嬢様と話すうちに、唐突にウインドウが開きフレンド申請が来た。

なんだか久しぶりすぎる申請で、懐かしい気分になる。身内旅みたいなもんだし仕方ないけど。


「時間が出来たら、一緒に狩りなんて良いかもしれませんわ。わたくしのウルトラスーパーアルティメットギガ魔法をお見せできるかと思いますの。今から楽しみにしてくださっても良いのですよ、おーっほっほっほっほっほ！　あと、わたくしのことは気軽に、シルヴィアちゃんって呼んでも良いのですからね！　ではご機嫌よう」

忙しい身分らしいお嬢様は、「お嬢様にお友達が出来て、この爺や、思い残すことはありません！」と涙ぐむ執事を引き連れて立ち去った。

キャラがとても濃いけど悪い子ではない。俺達だって割りとキャラが濃いほうだと思うし。多分。

新しいフレンドだー、と喜ぶヒバリ達を見ていたら、どんどんあたりが暗くなってきた。

メイ達も連れて足早にギルドへ向かう。

忘れないよう、報告は早めにしないとダメだ、って誰かが言ってた。

それにヒバリ達は明日も学校だし、あまり遅くなるのはどうかと。

「あらあらまぁまぁ、楽しい時間はあっという間ですのね」

ギルドへ報告して報酬をもらい、中央広場へ戻ると、憂《うれ》いの表情を浮かべたミィが軽いため息と共に呟く。

確かに限られたログインというのは、ミィのようなゲーマーには悲しい出来事なのかもしれない。

ええと、今日も付き合ってくれたリグ達に最大級の感謝をこめつつ、ゆっくり英気《えいき》を養ってもらうため【休眠】状態にする。

ログアウトしたらミィはいないから、ここで別れを告げ、俺はウインドウの【ログアウト】ボタンをポチリと押した。

◆◆◆

浮上する意識と共に目を開く。これまたいつも通りのリビングだ。

俺はヘッドセットを脱《ぬ》いで、テーブルの上へ置く。

これは雲雀と鶲に片付けてもらおう。約束だからな。

明日はゴミの日だから、俺は最終確認とか忙しいんだ。水に浸けていた食器も洗わないと。

順序づけを脳内で考えつつ、ソファーから立ち上がるころには、雲雀と鶲が目を覚ました。

思い切り伸びているが、たまに背中がパキパキ言ったりして面白い。

食器を洗い終えた頃合いに雲雀と鶲がキッチンへ顔を出し、お休みの挨拶をして2階へ上がっていく。

「つぐ兄ぃ、私達部屋に帰るね！　お休みなさぁ～い」

「つぐ兄、お休みなさい」

「あぁ。お休み、雲雀に鶲」

美紗ちゃんと話したりもするだろうから、まだ寝ないだろうけど。

俺もこれが終わったら、ゴミ回収と戸締まりの確認をして、風呂に入って寝よう。

明日も早いからな。

R&M攻略掲示板

【ロリとコンだけが】LATORI【友達sa】part9

（主）＝ギルマス

（副）＝サブマス

（同）＝同盟ギルド

1:ＮＩＮＪＡ（副）

↓見守る会から転載↓

【ここは元気っ子な見習い天使ちゃんと大人しい見習い悪魔ちゃん、生産職で女顔のお兄さんを温かく見守るスレ。となります】

前スレが埋まったから立ててみた。前スレは検索で。

やって良いこと『思いの丈を叫ぶ・雑談・全力で愛でる・陰から見守る』

やって悪いこと『本人特定・過度に接触・騒ぐ・ハラスメント行為・タカリ』

紳士諸君、合言葉はハラスメント一発アウト！

上記の文はすべからく大事でござるよ！

・

・

・

181:黒うさ

北の試されし大地にいる限り雪とは切っても切れない縁が……。て

書き込む　全部　＜前100　次100＞　最新50

か、ロリっ娘ちゃん達が南に行くなら暑い？　でもでも、足を取られることはないからマシ？　う、う～ん。

182:ナズナ

今日も今日とて見守っていきましょ～う。

183:もけけぴろぴろ

>>169　お父さんは悲しいぞ。お父さんじゃないけど。

184:iyokan

ちょっとお知らせ放っておくとすぐ仕様変更するんだからぁー。ギルド探せなくて目の前で聞いちゃったよ。恥ずかしい。

185:さろんぱ巣

>>176　分かりみ。天空の島とか胸熱だよな。

186:ちゅーりっぷ

>>179　残念だけど友達がいないんやで。

187:わだつみ

このゲーム、課金要素あんまなくて悲しいよな。見た目装備とか売ってくれてもいいのに。うさ耳とか、ロリっ娘ちゃん達に……！

R&M攻略掲示板

188:中井

天使の羽って良い感じの素材になるんだね。諸々の素材使うと天使のお守りって装備品になって、幸運と状態異常耐性５０％上がるとかなんとか……。でもね、１００％耐性じゃないと信頼できないよね。９９％でもかかるときはかかるんだｙｏ。

189:黄泉の申し子

>>182　ロリっ娘ちゃん達キタゾ〜。今日は仔狼ちゃんも一緒みたいダゾ〜。俺達の楽園はここにあるを地で行く。

190:sora豆

フェザーブランはお空の女神を崇めてるよね。優しい女神様すこ。

191:ヨモギ餅（同）

>>181　自分は暑いの苦手なんだよなぁ。

192:コンパス

都市行ける人羨ましー。俺の代わりに世界遺産のロリっ娘ちゃん達をなにを犠牲にしても守っておくれー。

193:かるぴ酢

お空はこの世の楽園、だった……？　ま、まじ……？

書き込む　全部　＜前100　次100＞　最新50

R&M攻略掲示板

194:かなみん（副）

>>182　うぇ〜い♪　まっしょ〜い♪

195:餃子

教会にロリっ娘ちゃん達行くみたい。俺もリンゴ飴みたいなやつ食べてぇなぁ。奢《おご》るから誰か一緒に行こうぜ！！！！！！

・

・

・

249:氷結娘

掃除というのは割りと奥が深いんだ。面倒臭いってのもあるし、大変ってのもある。綺麗になってくの気持ちいいし〜？

250:こずみっくZ

世界を旅して全ての美味しいもの食べる。それが自分。

251:ましゅ麿

>>242　ロリっ娘ちゃん達にはまったりのんびり楽しく旅して欲しいよなぁ。分かる。分かりみが深い。

252:密林三昧

夕飯なににするか悩む。ゲームに関係ないけど。

書き込む　全部　<前100　次100>　最新50

R&M攻略掲示板

253:甘党

果物がうまいことで有名なフェザーブラン。いくら食べても太らないＶＲ最高すぎ案件。いえい。

254:つだち

うぉぉぉぉ、ロリっ娘ちゃん達がお掃除している姿を無料で見れるとか神ゲーかよ。あのガチャしかないけどお布施します。出来るなら一番良いアイテムを頼む。運が悪すぎるんよー。

255:白桃

>>242　あ、分かるかも。楽しそうに高笑いするお嬢様だろ？

256:空から餡子

空飛べると割の良いクエスト多いらしい。離れの浮遊島で果物育てたりするから収穫《しゅうかく》のお手伝いとか、幼体グリフォンの遊び相手とか、雲にいる魚の養殖《ようしょく》？　とか。そう言えばここにもダンジョンあるんだよな。うおー言いたいこともやりたいことも多すぎる！

257:焼きそば

グリフォンってあんなに可愛いんだな。モフモフ。

書き込む　全部　＜前100　次100＞　最新50

R&M攻略掲示板

258:プルプルンゼンゼンマン（主）
ファンタジーの道具ってなんであんなにトキメキが溢れるもの多いのん。お花が入った洗浄剤とか可愛い。ヤバい。でも俺が使ってたら面がヤバい。いろんな意味でヤバい。

259:フラジール（同）
>>251　それこそ分かりみ。それな。圧倒的それな。

260:餃子
ロリコン的には獣人の国にいる草原の女神様がすこすこのすこ。ケモ耳ロリペタ幼女（概念《がいねん》）って感じ。世界が始まったときからいるから幼女（概念）だけど、見た目幼女だから。見た目は幼女だから。

261:ナズナ
ロリっ娘ちゃん達、楽しそうに掃除してたな。俺も良く教室の床、定規でほじったりしてたなぁ。一心不乱《いっしんふらん》にやってた記憶しかないぜ。

262:夢野かなで
>>252　うちの夕飯はケチャップとピーマンたっぷりのナポリタンだぞ～。ケチャップ好きすぎて愛《いと》おしさすら感じる。

書き込む　全部　<前100　次100>　最新50

R&M攻略掲示板

263:iyokan

高笑いのお嬢様、髪と目の色すごっ。気合いで割りとどうにでもなることが判明したんだけど、かけ離れた色でログインするのは気合いがマジ半端《はんぱ》ねぇと思われ。天然物かもしれんけど。

264:かるぴ酢

>>242　お嬢様のほうが魔法使いで、執事さんのほうがボクサーだったかな。お嬢様系プレイヤーをふわっとした表現で語るスレ、ってのでちょっと騒がれてた気がする。

265:甘党

あんなに楽しそうに掃除してたら自分も部屋の掃除しなきゃって、しなきゃって、おも、おもももももえ……ない！　無理。

266:わだつみ

俺達が言えたことじゃないが、ロリっ娘ちゃん達の周りも面白い人達が集まりそうで今後がとても楽しみでならない。一番の面白人間の俺達が言えたことじゃないけど。大事なことだから以下略。

267:黄泉の申し子

ギルドの仲介があるからとは言え、教会相手に訪問販売とか肝座《きもすわ》りすぎだろお嬢様。

書き込む　全部　＜前100　次100＞　最新50

R&M攻略掲示板

・
・
・

293:棒々鶏（副）
>>281　いいか、耳の穴をかっぽじって聞くんだ。タマネギと大根とワカメの味噌汁はすごく美味しい。卵とニラの味噌汁も同義。

294:かるぴ酢
もともと可愛いに可愛いを足したら最上級の可愛さが溢れるに決まってんだろ！　いい加減にしろ！　半ギレ逆ギレしたくもなる可愛さ！

295:コンパス
やっぱりグリフォンで次に移動すんのかね。空の旅かぁ。

296:餃子
はわはわわわわ。

297:sora豆
創造するだけでも幸せになれるロリっ娘ちゃん達なんで世界遺産に認定されてないの？　もったいないよ？　世界の損失《そんしつ》だよ？

書き込む　全部　＜前100　次100＞　最新50

R&M攻略掲示板

298:魔法少女♂
>>285　もうそんなこと言われたら踊るしかなぁ～い☆☆★

299:氷結娘
まるで孫《まご》の成長を喜ぶかのごとく見守るギルドはこちらです。

300:ましゅ麿
可愛い魔物に囲まれてる姿を見ると、ホント魔物使い職にすれば良かったかもって思う。仲良くなれるのかは別問題として。

301:中井
>>285　俺の心に痛恨《つうこん》の一撃入れるのヤメれ。ぐすん。

302:密林三昧
今日グリフォンで移動じゃなくて、ただただ見に来たらしいな。なんかお嬢様と話してたみたいだけど……。

303:芋煮会《いもにかい》委員長（同）
>>289　あら、近いところにいるわ！　一緒に雑貨の買い物行きましょうよ！　可愛いもの売ってるとこ知ってるの。向かえに行くわ。

書き込む　全部　＜前100　次100＞　最新50

R&M攻略掲示板

304:フラジール（同）
そうだよ！　可愛いに可愛いを足したら可愛すぎてどうしようもなくなるってお母さん言ってるでしょ！　んんんんがわいい！！！！！！

305:甘党
鳥系魔物もかぐわしいインコ臭するんやで……。

306:ちゅーりっぷ
龍の背中を掃除するとかガチのファンタジーやん。ゲームかよ。

307:さろんぱ巣
>>293　お、おいしそう。

308:つだち
きゃっきゃするロリっ娘ちゃん達に癒やされる俺。人生に疲れたらやっぱりロリっ娘ちゃん達をキメねばねばねば。

309:iyokan
ドラゴンメイル作るのにドラゴンの鱗は３０枚くらい必要なんだけど、強い龍ともなれば１枚で大丈夫かも。ヤバいよね。

書き込む　全部　<前100　次100>　最新50

R&M攻略掲示板

310:ＮＩＮＪＡ（副）

今日もロリっ娘ちゃん達がログアウトしたら我々も適当に解散するなりとどまるなりするでござるよ〜。

311:もけけぴろぴろ

>>306　ファンタジーゲームなんだよなぁ。

書き込む　全部　＜前100　次100＞　最新50

可愛いの暴力に襲われても尚《なお》、紳士淑女達は通常営業で会話を続けていく……。

◆　◆　◆

朝起きていつも通り着替えたら、キッチンへ行き朝食の支度をしていく。

毎日ご飯を作るのは大変。でも可愛い妹のためならえんやこら、ってやつだ。

今日の朝食は特に思いつかなかったので、おにぎりとだし巻き卵、ダイコンとタマネギの味噌汁、塩を揉み込んだキュウリ。

ダイコンは刻んだ葉っぱも入れると、シャキシャキして美味しいんだなぁ、これが。

キュウリの塩加減を見るためひとつ食べてみる。

良い感じだと確信を持って頷き、食器棚から飲み物用のコップを出していると、雲雀と鶲が慌ただしくリビングに入ってきた。


「つぐ兄ぃおはよー。今日もいい匂いだぁ！　食べるの楽しみ！」

「おはようつぐ兄。ふふ、いつも美味しいご飯ありがと」

「ははっ、おはよう。あとこちらこそ」

慌てている割りにはきちんと挨拶ができており、お兄ちゃんは謎の感動を覚えてしまった。

テーブルに並べるのを手伝ってもらい、手早く準備を終わらせて席に着き、3人揃っていただきます。

今日も今日とて美味しい朝食が出来た。

お腹いっぱい食べて、ゆっくりし過ぎたと慌てる2人を見送って一段落。

慌てると注意がおろそかになるから、それだけには気をつけてもらいたい。切実《せつじつ》に。


「さて、俺もゴミ出しするかな。ほどほどで頑張ろう」


昨日の内から準備をしていたゴミ出しのため、家の中へ引き返す。

まとめて置いてあるから、このまま運ぶだけ。

ちゃんと家の鍵を閉めてから行かないと普通にヤバいやぁ～っ、って雲雀が言っていた。

俺もそう思う。平和だけど、防犯意識は高めで損《そん》することはないからな。

同じ時間帯にゴミを出す主婦の皆様と、少々井戸端《いどばた》会議なんかもしちゃったり。

彼女達は情報に精通《せいつう》しており、安く効率の良いスーパーなどを教えてもらったりするんだ。

さすがプロと言いたくなる。俺も精進《しょうじん》しないとな。

さて、次に俺がやることと言えば、雲雀と鶸が前日に着ていた運動服の洗濯かな。

今日は良く晴れているから、夕方までには乾くだろう。

そのあと食器洗って、適当な場所を掃除したり、テレビ見てのんびりしたり。

まぁ通常営業ってやつだ。


「んん？　これは……。なかなかに頑固《がんこ》な泥汚《どろよご》れをこさえてきたな」


洗濯籠《かご》に入っていた運動服を広げてみると泥と砂埃に汚れており、俺はこれをどうにかするためひたすら擦る。

ちょっと前だけど、こういう汚れを根こそぎ落とす環境配慮洗剤が発売されたんだ。

洗剤と洗濯機に感謝しつつも、今日もきっと汚して帰ってくるんだろうな……と、遠くを見る目をしてしまう。

でもまぁ元気なことは良いことだと気分を切り替え、続いては掃除。

便利な世の中になったとしても、放って積もっていく埃に勝つ術《すべ》はない。

いつものような主夫業で時間が過ぎ、ハッと気づけば夕方近くになっている。

そろそろ切り上げて、夕飯の支度をしないと。

遅くなったら雲雀も鶲もガチ泣き、ってやつをしてしまう。

夕飯はなににしようかなぁ。たまには面白そうなものも作ってみたい。ただ、失敗したら悲しいからR&Mで試してからにしようか。

「あ、忘れてた。洗濯物取り込まないと……」

キッチンへ行き、独り言を呟きながら冷蔵庫の中を覗き込み、夕飯の献立を考えていると、ふと洗濯物を取り込んでいないことを思い出した。

2階のベランダではためいている洗濯物を取り込んでいたら、玄関付近が騒がしくなる。

続いて、「あれー？ つぐ兄ぃどこー？」と、雲雀の声が聞こえた。

ん？ ちょっと帰ってくるのが早い？

俺が洗濯物を取り込んでから、「上だぞー」と良いながら下へ向かうと、珍しく雲雀と鶲が制服姿だった。

鶲がテレビを付けて、仕事に疲れた親父の格好をしている。

部活はどうしたのか聞くと消火栓《せん》が壊《こわ》れて校庭が水浸《みずびた》しになったから、と。

それはいろんな意味で大変だな、教師の皆さんとか。

「動いてないけどお腹はペコペコなんだ！」

「そうか。なんかリクエストあったら絶賛募集中」

「あ、それ私達の洗濯物。いつも綺麗に洗ってくれてありがと」

雲雀と鶲の洗濯物を手早くたたみ、部屋へ持って行かせる。

リクエストは絶賛募集中と言ったけど、冷蔵庫の中にあるものでしか作れないぞ。

しばらくすると部屋着に着替えた2人が下りてきて、肉と野菜という、ぶれないリクエストをもらうのであった。うーん、どうしたものか。

「よし、卵といろんな残り物で天津飯《てんしんはん》。それと、肉と野菜を炒めよう。あとはそろそろ使い切りそうな味噌で汁ものを作るぞ。さ、作ってる間に風呂入っちゃいな」

「んん〜、ヨダレがじゅるじゅる」

「分かった。楽しみにしてる。ひぃちゃん、お風呂行こ」

「わ、分かってるよぅ。つぐ兄ぃ楽しみにしてるね！」

キッチンで冷蔵庫の中を確認しながら伝えると、彼女達はパッと表情を輝かせてくれる。

時間がかかるから風呂に入ってくるよう伝え、それを聞いた鶲が雲雀の背中を押していくのを見送った。

早く夕飯を用意できるよう、手早く行動に移していく。

使い切りそうな味噌の量が意外にも少なかったというアクシデントもあったが、だしの素《もと》でどうにかなってホッとした。

冷蔵庫の中には、賞味期限間近《まぢか》のタケノコの水煮、そして上の棚にキクラゲの乾物《かんぶつ》があった。

なんとも豪華《ごうか》な夕飯になりそうだな。

たまにいろいろ贈ってくれる母さんに感謝。良く分からんものも多いけど。

「ふはぁ〜、良いお風呂だったぁ〜」

「ん、芋洗《いもあら》い状態のお風呂は楽しい。つぐ兄、夕飯出来た?」

「あぁ。リビング行くならこれ持って行ってくれ」

「ん、もちもち進んで手伝う」

早めに夕飯を作ってあげようとひたすら手を動かしていたら、ちょうどいいタイミング。

ほっこり温まってきた雲雀と鶲がキッチンへ顔を出した。

いつものように、出来上がった料理をテーブルへ持って行ってもらう。

３人揃っていただきますをして食べ始めた途端、雲雀と鶲が楽しそうに話し出す。

「今日の予定は昨日見に行ったあの可愛いグリフォン達を借りて、ええと西日本的な国に行こうと思ってるよ！」

「目的地は、騎士の国と呼ばれているアフキシモ国の大都市アインド。大体の位置だけど、湯沢市あたりにあるらしい」

「ご飯も美味しいし、食べ終わったらゲームもできるし、宿題もないしさいっこうだねぇ。これで普通とか言ったら、バチが当たっちゃう。むしろ自分から当たる勢いだよぅ」

「ん、最高。ワクワクがフルバースト状態」


騎士の国は湯沢市にあったのか、と遠い目をして考えつつちょうど真ん中あたりだな、と少しよく分からない考えをしておく。

楽しい夕飯も食べ終わり、いつものように食器をシンクに置きに行っている間、雲雀と鶲が俺の分も含めてゲームの準備をする。これは約束だからな。

準備が終わると、ソファーに座り、ヘッドセットを頭にかぶった。

ヒヨコのシール近くにあるスイッチをポチリと押せば、意識がゲームの中へと入り込んでいく。

放つ。

◆　◆　◆

目を開けると、穏やかな時間の流れる空中都市。

リグ達を喚び出し、頭や背中を撫でていると、妹達が俺の隣に現れた。

今日は移動だけになっちゃうかもな。

皆の準備も済んだところで、そろそろ移動しようと、ヒバリが高めのテンションで言い放つ。

「さてさて、今日はあのモフモフきゅるカワ鳥系魔物のアイドル的な存在、グリフォンちゃん達に乗せてもらうぞ〜！」

「ん、可愛いは正義。グリフォンに乗せてもらう前に、ここで買えるものを買っておくのが吉」

「あ、そうだね。やっぱりスキル屋さんかなぁ」

ヒタキも頷いてから、そう言えばといった感じで、周りを見渡しながら言う。

手のひらに拳をポンと乗せた彼女の視線は、ギルドの近くにあるスキル屋に。

ご当地スキルとかあるんだっけか？　ご当地特産物とかあるからって、そういうのはない？

気になってヒタキ大先生に聞いてみたら、あるとのこと。

ここは天使族が住んでいるので飛翔《ひしょう》系のスキルが多く、私達との相性《あいしょう》も良いんじゃないか？　と。

で、羽を持つ種族限定のスキルでも、羽の大きさによって、買えるスキルが変化するらしい。

「そうだなぁ〜。この【ジャンプ（羽）】ってのが良いかな？」

「ん。あと【滑空《かっくう》（羽）】とかも安いし買って良いかも」

「レベルを上げるのじゃなくて、常に効果のあるやつだと、考えなくても良いから楽だよね。控えに突っ込んでおけば万事ＯＫ的な」

スキル屋に入り、いろいろと話して買うスキルを決めたらしく、ヒバリとヒタキが俺のほうを向きながら表情を輝かせた。

「ツグ兄、この2種類買って欲しい。私達の羽の大きさではこれくらい。見習い職じゃなかったら幅《はば》が広がったんだけど……」

だけどヒタキが珍しく、モニョモニョ言葉尻を萎《しぼ》ませたので、慰《なぐさ》めるように彼女の頭を軽くひと撫でしてからスキルを買った。

良さそうなのが無かったので、俺のスキル選びはパス。

【ジャンプ（羽）】
羽を持つ種族限定スキル。羽の大きさによってジャンプできる高さが変化する。他のジャンプスキルと効果が重複《ちょうふく》するので注意。

【滑空（羽）】
羽を持つ種族限定スキル。羽の大きさによって滑空できる距離と時間が変化する。補助系なので過信《かしん》は禁物。

ええと、リグ達はレベルを上げないとスキルを覚えないから、意味ないんだったっけ？

ヒタキ先生に頷かれたので、俺の記憶力も捨てたものではないな。

実は、リグ達がなんのスキルを持っているのか覚えてないけど。あとでこっそり見ておくか。

買い物が終わった俺達は、その足でグリフォン達のところへ向かった。

俺は1人でグリフォンに乗り、ヒバリとヒタキは2人でグリフォンに乗る。

ちゃんと動物も乗せられるよう鞍《くら》があって、リグ達も空の旅ができると、ピョンピョン飛び跳ね喜んでいた。

作業服を着た従業員が鞍をつけている間、ヒバリとヒタキが1匹ずつの首元に顔を埋《うず》めながらなにやら話している。


「お空の旅よろしくね！　グリフォンちゃん」

「モフモフパラダイス……安全運転でお願い」


今日のグリフォンは特に人が好きな個体らしく、クルクル喉を鳴らして喜んでいる。

ヒバリもヒタキも喜んでいるし、放って置いても良いか。

俺が乗る鞍には、両脇に籠のようなものが付いており、その中にメイと小桜小麦が入れる。

俺達の身体は、椅子のように深めの背もたれにベルトで固定する。

きちんと鞍を握っていれば、グリフォンが一回転しても大丈夫とか。いやいやいや、安全運転でお願いしたい。

『この子達に身を委ねておけば、アインドまで快適な旅ができます。ちゃんと戻るんだよ、と最後に言ってくだされば、遊ばず戻ってきますので助かります』

借りたグリフォンは1匹あたり2万Mで、大都市アインドまでは3時間の旅となる。

距離が長いのに時間は短いなんて、空を飛ぶ魔物はひと味もふた味も違う……かもしれない。

俺もグリフォンに挨拶をしてから乗り込み、切実な従業員の話に頷く。

ちなみに、リグは俺の頭に引っ付いてるから、籠に入らなくて大丈夫だと言われた。

力強く羽ばたきを始めたグリフォンに対し、表情を輝かせ歓声を上げるヒバリとヒタキ。

メイ達も気になるのか、顔を籠から出している。

すぐにグングン高度が上がっていき、隣のヒバリとヒタキのサイドテールが荒ぶってお られた。

笑顔で手を振る従業員に見送られ、俺達は南下し、大都市アインドへ向かう。

リアリティ設定は低くしているから寒くないし、風はすごいけど快適だと思う。

鳥と平行して空を飛ぶなんて、生身《なまみ》の人には体験できないよな。

◆◆◆

身を乗り出そうとしているメイの頭を押さえて留めたり、大丈夫だと張り切っていたけど飛ばされそうになっているリグを押さえたり、腰のにゃんこ太刀《だち》も荒ぶるので押さえたり。

するると、片手をメガホンにしたヒバリが大声で話しかけてくる。

「ねぇ～ツグ兄ぃ～！」
「なんだ？　……！」

風の音はどうもできないので、声を張り上げるしかない。なんとか聞こえる程度。

ヒバリの声に返事をしてから、すぐヒタキからパーティチャットが来て、あっ！　てなったのはご愛嬌。あまり使わない機能だと、すぐ忘れちゃうよな。

ヒバリが言いたかったのは、海のほうに大きな孤島《ことう》があって、なんだか動いてるみたい！　とのこと。

そのあとヒタキから、あれは巨大な亀の魔物、と……な、なるほど。

他にも、高度が高度だからかグリフォンだからか分からないけど、空を飛ぶ魔物に避けられたり、真下に大きな魔物がいてたくさんの冒険者達が挑んでいたりした。

とても興味深いものを見れた気がする。

森の奥には魔物の国があった。

多分、中立の魔物かな？　ヒバリとヒタキが行きたがりそうな予感。

快適で楽しい空の旅も本当に3時間で終わり、様々な都市を見てきた中でも、特に大きな都市アインドに到着した。

大きな城門では人々が行き交っており、身分証などを見せる必要は無さそうだ。

鞍のベルトを外し、グリフォンから下りる俺達。

メイ達も下ろして、ベルトなどは邪魔にならない場所にしまう。

ヒバリとヒタキがグリフォン達とお別れの挨拶をしていた。


「空の旅、楽しかったよ、ありがとねグリフォンちゃん達」

「ん、楽しかった。離れがたきモフモフ。またね」


離れるのが嫌そうな、このまま一緒に旅をしたいと言い出しそうな雰囲気だった。

俺の側に寄ってきたヒバリとヒタキの後ろを、グリフォン達がちょこちょこ歩いてくる。

「……ついて来ようとしてもダメだぞ。ちゃんと真っ直ぐ家に戻ってきなさい、って従業員さんが言ってたろ？」

グリフォンはとても悲しそうに、キュルキュル喉を鳴らし、つぶらな眼差しを俺に向けてきた。

けど、俺は心を鬼に出来るお兄ちゃんだからな。

ちゃんと言い聞かせて帰すことに成功。誰か俺を褒めてほしい。

◆　◆　◆

大きな門をくぐり抜けて大都市アインドの中へ入ると、他の都市と似通《にかよ》った部分がありつつも、特色のある光景が目に飛び込んできた。

いつもの十字の大通りに、全体的にレンガの用《もち》いられたゴツめの建物が多く、巡回《じゅんかい》している兵士の人達も鎧《よろい》がゴツい。

ヒタキ先生によると、騎士の鎧らしい。

「いろいろ目移りしちゃうけど、とりあえず広場だよね」

「ん、とりあえず広場」

とりあえず生ビールみたいな感覚で、ヒバリが広場へ視線を向けると、ヒタキが納得したように頷いた。

俺もヒバリの意見に賛成なので頷く。

メイ達がついて来ているか気になって、振り返りつつ移動。まぁ取り越し苦労だったけど。

大きな噴水を囲む広場にはベンチがあり、芝生と花壇もあったりして、憩《いこ》いの公園と言ったほうが良いかも。

久々に人々で溢れた広場を見たので、なんとなく感動してしまった。

ええと、噴水の後ろ側は人気《ひとけ》が少なかったのでそこに腰掛け、いろいろと予定とか話し合いたいと思う。

予定、あるんだろうか。

ヒバリは両手に小桜と小麦を抱きしめ背中に顔を埋めており、ヒタキはウインドウを開いているから、どうやら掲示板で良さげな情報を拾っているらしい。

俺はと言うと、頭にリグを乗せて膝にメイを乗せるという黄金ムーブを決めている。実質ヒバリも俺もヒタキ待ち。

「今面白そうなことは無し。とりあえず魔物退治の依頼を受けて、周りの探索でもどう?」

「移動の時間が意外と少なかったけど、そんなに時間かかることはできないもんねぇ。平日だし」

「ん」

大都市アインドでなにができるか、面白いことはないかヒタキが考えてくれた結果、今日はとりあえず魔物でも倒そうぜ、という案に決まった。

まぁレベルも上げたいし、素材もいろいろと集めてみたいし、ちょうど良い……はず。

ギルドへ魔物討伐の依頼を受けに行く前に、魔物の生態について、ヒタキからちょっとした講座を受ける。

「ゴブリン野犬スライムの御三家に加えて、ラビット系では凶暴《きょうぼう》になったマッドラビット、イノシシみたいなボタニズ、1匹に手を出したらどこからともなく群れがやって来る、バッファローみたいなブモーロとかが、外にいる主な魔物みたい」

（`・ェ・´）

「めめっめめぇめ！　めめめめめ！」

「おぉ、めっちゃメイが殺《や》る気を出してる！」

俺にはあまり関係ないかもしれないけど、知らないより知っていたほうが、なにかと良いこともあるはず。

　ほらブモーロは手を出さなければ良い、って今知ったし。でもお肉がすごく美味しいらしい。少し興味が湧いてしまった。

　ヒタキの話を聞いてメイがやる気を出してしまったようで、俺の膝の上で身を乗り出しながらフンフン鼻息を荒くしている。

　最近は思ったように戦えてないからな、戦闘狂の血が騒ぐってやつだろう。

　メイのやる気に満ちた姿を見て、なぜかはしゃぐヒバリは放っておき、ヒタキと謎のアイコンタクトをしてギルドへ向かう。

　ギルドの建物には大きな石材が使われ、入り口は高さ3メートルくらいあるんじゃないか？　ＮＰＣの皆さんも大柄な人が多いからなぁ。

　とりあえずクエストボードへ直行だ。

　俺達の求めるクエスト用紙は見つけやすい端のほうに5枚程度あり、冒険者の対応にも慣れているのかなって。

「このクエストお願いしまぁ〜す」

　飲食スペースは賑わっているけど受付は結構空《す》いており、大所帯《おおじょたい》になってきている俺達が全員で行っても邪魔にならないくらい。

ヒバリのゆるっとした口調《くちょう》に気を抜かれつつ、クエストの受付を済ましギルドから退出する。そしてメイのウキウキが止まらなかった。


「メイ、嬉しいのは分かるけど冷静な判断大事。ね」

「め！　めぇめっめ」


(｀・ェ・´)


そんなウキウキの止まらないメイを止めてくれたのはヒタキ。

彼女の言葉にメイがビシッと片手を上げて返事をした。

話しながら歩いて、南側の門をくぐり、舗装路《ほそうろ》が真っ直ぐ続く開けた場所へ。

俺達の他にもポツポツと冒険者達がおり、彼らと魔物の取り合いにならないよう、離れた場所でいったん落ち着き作戦会議。

草が茂《しげ》っているところではラビット系の魔物が多く見られ、森のほうでは木々の間からゴブリンの姿がチラホラ。

スライム系は、なにを考えているのか知らないけど、俺達の近くに転がってきては離れたりと忙しない。

これ、ヒタキが言うには隙を窺《うかが》ってるとか。でも私が周囲を見張ってるから大丈夫、と頼もしいお言葉。

「んん～、数がいっぱいいて、たくさん倒せそうなのはスライムかな？　私達と仲良くなりたそうにこちらを見てるし」

(`・ェ・)b

「めめっ！　めぇめぇめめぇめっ！」

「……相手の隙を窺うのは、仲良くなりたいって言わないぞ」

　ヒバリがぐるりとあたりを見渡して狙いを定めたのは、先ほどから幾度《いくど》となく、つかず離れずを繰り返してきたスライム。

　ポヨポヨと転がっている姿は割りと可愛いのだが、如何《いかん》せん相手は命を狙ってきている。遠慮無く倒させてもらおう。

　俺のすぐ隣を、バッファローのような魔物ブモーロが暢気《のんき》に歩いているのを尻目《しりめ》にしつつ、スライムを倒すためちょっとした準備。

　今回の魔物退治は、各々が好きにしていいよ、と言うことで。

　俺の目に届く範囲から外れないこと、ＭＰが半分になったらいったん俺の元へ帰ってくること。

　そんなことを俺が話し終えた途端、暴走特急羊と化したメイがスライムに向かって一直線に走って行った。

黒金の大鉄槌を持ってトコトコ走る姿は、今からスライムを気の済むまで倒すなんて思えないくらいにファンシーで可愛らしい。

いや、黒金の大鉄槌を持っていたらファンシーなんてほど遠い。落ち着け俺。

「小桜も小麦もちょっと遊んでおいで。できれば、ヒバリとヒタキの様子を少し見てくれると嬉しいな」

（｡・ω・｡）
「なぁーん」

（｀・ω・´）
「にゃっにゃっ」

リグは俺の頭の上から離れないので専属だと思ってもいいだろう。

コロコロ転がるスライムに照準《しょうじゅん》が定まっている小桜と小麦に話しかけると、２匹は遊びに行く猫のように飛び出していった。

ちなみにヒバリとヒタキもとっくの昔にスライムを倒しに行っており、とても楽しそうな笑い声と共にスライムが光の粒となり消えていく。

ちょっと可哀想なスライムの末路《まつろ》に心の中で涙しつつ、俺とリグはどうしようか悩んでいると腰のあたりに衝撃《しょうげき》が加わった。

「あでっ」

(゜w゜)

「シュ！」

痛くはないけど思わず声が出てしまう。

スライムなのか野犬なのかラビットなのか、はたまた違う魔物かと慌てて振り返る。すると、今話題のブモーロだった。

腰程度の大きさしか無い子供ブモーロが、生えかけの小さな角を、俺の腰にグイグイと押しつけてくる。

俺とリグが驚きに身を固めていると、慌てて寄ってきた母親らしき大柄のブモーロに連れられていった。

一体なにがしたかったんだろうか。

魔物の習性なんてさっぱり分からないし、あまり気にしない方向で行こうか。

「リグ、あっちにスライムが溜まってる。投網《とあみ》みたいにして、糸でまとめちゃおうか」

(｀・w・´)

「シュ！　シュ〜ッ」

「今までも困らなかったけど、スライムスターチには一生困らなそうなくらいスライムが倒されている」

気を取り直してリグの強靱《きょうじん》な糸を頼りにさせてもらい、大量討伐を成《な》し遂《と》げ作業効率の鬼となっている……気がする。気がするだけなので、本気にしないように。

狩り尽くす勢いで魔物を倒しても、いずれまた魔物は出現してしまう。

メイはまだまだ倒せると喜ぶけど、ある程度の討伐に留め休憩を挟もうと提案する。

もちろん提案は瞬時に賛成してもらえた。

◆　◆　◆

たくさん働いたあとの休憩は、至福《しふく》と言わずしてなんというくらいだからな。

ギルドホームで安全な休憩をしてもいいけど、見渡しのいい平原でするのもなかなか。

ヒタキに周囲の安全を確かめてもらいつつ、いつものピクニックセットをインベントリから取り出す。

敷物さえ敷いてしまえば、ここはもう立派な休憩スペースだ。

適当に座った俺達は、とりあえずホッと一息といった感じで、のんびりボーッとする。

敷物の上で寝転がっていたヒバリがゆったりした口調で言った。

「ねぇツグ兄ぃ、今は無理でも外で焼き肉とかもしてみたいね」

「あー、そういうのもありかもしれないな」


俺も俺で、ぼんやりとした思考の中、適当な返答をしてしまう。

でもいろいろと現地調達も出来るし、いろいろやりたいからこのゲームをやっている訳で、皆で楽しめそうだからやってもいいかもな。いつになるかは分からないけど。

そんなこんなで自身のインベントリから適当なお菓子などを取り出しては広げ、好きなものを取ってもらういわゆるバイキング形式で。

リグ達のはもちろん取り分けるよ。

ヒバリは小麦を足の間に置き、ヒタキは正座した足の上に小桜を置き、食べ物を口に運びつつ話し合っていた。


「大都市に来たけどあまり考えてなかったから、明日のゲームでなにするかキッチリ考えないと」

「ふんふん、ほうひゃへ。んぐっぐぷはぁ～、騎士の国だから治安が良いとかは知ってるんだけどね。あとはなんだっけ？　山の幸が豊富？」

「んん、なにか特産物あるんだろうけど……」

俺も、リグとメイを相手にしながら自分も食べるという、双子が幼いころに習得した技を披露する。ついでに飲み物も皆の分、用意しておく。会話には入らなくていいか。

周囲の魔物をあらかた倒してしまっているので邪魔をされることはなく、随分ゆっくりまったりとした時間を過ごせたと思う。

これで現実世界では数分しか経ってないんだから、ＶＲＭＭＯが流行るのも自然の摂理《せつり》というかなんというか。

戦いを求めなくてものんびり過ごすだけで十分かもだけど、如何《いかん》せん値段がアレだから……あぁいや、一台だけとかなら安いか。うん。

俺が変な思考に苛まれていたところ、十分に休憩を取り終えたらしいヒバリとヒタキが片付けを始めてくれた。

とは言っても、しっかり食べ終えた皿をまとめたり、敷き布を畳んだりするだけなんだけどね。

現在のゲーム内時間は2時を少し過ぎたところ。ゆっくり休憩していたこともあるが、がっつり魔物と戯れていたおかげでもある。

「ツグ兄ぃツグ兄ぃ！　この花可愛いし素材になるって！」

「へ？」


【染花の花束】

染め物に使われる花が、花束としてまとめられている。とても優しい色合いになることから、派手な原色が苦手な人に人気。染色系素材。


「カラフル花束。いっぱい摘んどく」

「備えあれば憂《うれ》いなしって言うもんね。ちょっくら摘もう！」

「めめっめぇめ！」

(｡・ェ・｡)


元気よくヒバリに渡された花束の説明を読んでいると、ヒタキやメイも巻き込みお花摘み大会を始めてしまう。

お花摘みってトイレのことじゃないから悪《あ》しからず。

妹達は俺を花まみれにすることが大好きなようで、それなりの時間をかけて摘まれた花で、俺は両手がいっぱいになってしまった。すぐインベントリにしまったけど。

「実は、移動したあとのことを考えてなかったからねぇ。まだ時間あるけど、ログアウトして良いかもなぁ」


なんだか鼻腔に花の優しい香りが残っているような気がして、スンスン鼻を鳴らしてしまう。あまり花に囲まれるなんてことないからな。

忘れ物などないか確認しつつ、俺達はログアウトすることも視野に入れ、街へ戻る。

ギルドに寄って、クエストの成果も報告しないとな。

始まりの場所より魔物１匹の討伐報酬が高いとしても、御三家と呼ばれるスライムを主に倒していたのでそんなものかという程度。

大量になにかを買わなければしばらくは大丈夫、かも。

ギルドで報酬を受け取ったらいつものように、人々が憩いの場として使用する噴水広場へ。割りと空《あ》いているのでベンチに座ることが出来た。


「んん〜、明日も学校だからログアウトかなぁ」

さっきと同じようなことを口にしながら、ヒバリが小麦の背を撫で、膝の上に乗せているのに足をブラブラ。

小麦が全然気にしてないからいいけど、カクカクしないんだろうか。

あぁそうだ、俺、聞きたいことがあったんだ。

前からちょくちょく話題には上がっていたアレ。

メイを足の上に乗せて天然ウールを堪能しつつ、口に出す。


「そう言えば、ギルドの名前は決まったのか？」


ギルドの名前はずっと保留にされていたせいで番号表記。

俺としてはどちらでも構わないけど、あれだけ楽しそうに決めようとしていたのに音沙《おとさ》汰《た》無しなんて、どうしたんだろうってな。

ヒバリとヒタキがバッと俺のほうへ向き、なんとも言えない表情を浮かべた。

どうやら俺の問いかけは、彼女達にとって都合の悪いことだったみたい。

俺もなんとも言えない表情をしてしまい、ヒバリとヒタキと睨めっこのような状態になる。

しばらくすると、互いにプッと吹き出してしまう。


「ふふ、まだまだ皆で考え中。とても仲の良い姉妹でも、親友でも、意見の食い違いからは逃れられない。仕方ないね」

「こう、意見がまとまりそうになると他のもってなって、アレやコレもってなって、もう少しかかりそうだなぁって」

「乙女《おとめ》は難しいんだな」


なんだか俺には理解しがたい世界が広がっているようで、ヒバリ達にもいろいろと難しいお年頃なのかもしれない。よく分からないけど。

結構な時間２人と話し、リグ達としっかり触れ合った。

そろそろログアウトをしようということで、俺達は立ち上がり適当な場所へ。

噴水の近くじゃないと保護だっけ？　がされない。

気をつけないと、自己責任みたいなところあるからな。

リグ達を【休眠】モードにして休ませ、ヒバリとヒタキに忘れ物も無いかなど確認し、ウインドウから【ログアウト】のボタンをポチリと押す。

◆
◆
◆

クッションに顔を埋めていたらしく少しの圧迫感《あっぱくかん》と共に体を起こし、２人が帰ってくるまでの間にヘッドセットを脱ぐ。

これは雲雀と鶸に任せておいて良いのでテーブルに置くとして、俺はいつものように皿洗いをするため立ち上がった。


「ひぃちゃん、片付け終わったら寝る準備しつつ作戦会議しよ！」

「ん、良いプランを練《ね》らないと」

「新しい場所はいつでもワクワクするよね」

「する。大体行き当たりばったりになっちゃうけど」

雲雀と鶸の楽しそうな声を聞きながら、俺はシンクの中へ置いた食器を洗うためキッチンへ。

無心でやっていたら、雲雀と鶸が会話をしながらキッチンへ顔を出し、「ちょっと早いけどお休みなさい」と自室へ向かっていった。

作戦会議だとか言ってたけど、明日も学校あるから、夜更かしはするんじゃないぞ。

「あふ、俺も早く寝よう」

皿洗いが終わるころには俺も欠伸が出て、他にもいろいろとやることはあるけど、早めに切り上げて部屋に行こう。

明日は別にゴミ出しとかないし、朝食なににするのか考えるのはもう慣れたものだからな。

風呂に入っている間にでも考えようか。

風呂上がりにいつもの着慣れた浴衣《ゆかた》を着用し、自室へ戻るとき雲雀と鶲の部屋の明かりが漏れていることに気づく。

扉の外から声をかけ自分の部屋へ入り、ちょっとした用事を済ませてからお休み。

R&M攻略掲示板

【ロリとコンだけが】LATORI【友達sa】part9

（主）＝ギルマス
（副）＝サブマス
（同）＝同盟ギルド

1:ＮＩＮＪＡ（副）
↓見守る会から転載↓
【ここは元気っ子な見習い天使ちゃんと大人しい見習い悪魔ちゃん、生産職で女顔のお兄さんを温かく見守るスレ。となります】
前スレが埋まったから立ててみた。前スレは検索で。
やって良いこと『思いの丈を叫ぶ・雑談・全力で愛でる・陰から見守る』
やって悪いこと『本人特定・過度に接触・騒ぐ・ハラスメント行為・タカリ』
紳士諸君、合言葉はハラスメント一発アウト！
上記の文はすべからく大事でござるよ！
・
・
・
429:かるぴ酢
ＨＡＨＡＨＡＨＡＨＡ。めっちゃ語ってしまった。俺達はどうやら

書き込む　全部　＜前100　次100＞　最新50

R&M攻略掲示板

暴走特急も真っ青なヤツらが多いらしい。いつものことだけど。

430:コンパス
>>418　琵琶湖《びわこ》の真ん中に都市があってその昔、水の精霊に恋をした青年が作り上げたって成り立ちらしいよ。船で行き来するとかいう交通の便がヤバみ侍。

431:餃子
時間は短いけど毎日ログインしてるよね。今日もログインするよね？　癒やされたいでござる。

432:sora豆
嬉しみが深いので踊るしか無い。ズンドコズンズン。

433:氷結娘
今日も今日とてレベル上げとか諸々やるぞー！

434:黄泉の申し子
>>422　ゲーム内で寝落ち＝強制ログアウトだよ。詳しいことは知らんけど、安全装置がどうたらってやつ。知らんけど。

書き込む　全 部　<前100　次100>　最新50

R&M攻略掲示板

435:魔法少女♂
ロリっ娘ちゃん達がアグレッシブに動いてくれるからついて行くの楽しくて仕方ないヅィ★★☆

436:ましゅ麿
今日も我々は通常営業なのであった……。

437:中井
強行軍する社会人組はお疲れさまです。自分は金にものを言わせて虹羽ゲットしたんでソレで行きます。一度行った場所しか行けないからいろんなところ旅しないとなぁ。まぁロリっ娘ちゃん達と旅してると思うと、無い胸が熱くなる……気がしますな！

438:密林三昧
グリフォン旅してみたいけど高いとこあんま好きくない。

439:わだつみ
>>429　いつものお待たせ実家のような安心感、がこれほど似合うギルドはここ以外に無いと思う。誇って良いぞ。

440:甘党
ロリっ娘ちゃん達が次に目指すと思われる大都市アインドは騎士の

書き込む　全部　<前100　次100>　最新50

国と言われているよ。魔物が今より凶悪だったとき、勇敢《ゆうかん》な騎士が命を賭《と》して守ったのがこの大都市アインドだって。騎士アインドの名前をもらった大都市、実は元村なんだとか。やましいことが無い人には居心地が良いとかなんとか。あ、ちなみに騎士アインドは老《ろう》衰《すい》の大往生《だいおうじょう》で亡《な》くなってるから湿《しめ》っぽい話じゃ無いぞぅ。

441:ヨモギ餅（同）

>>432　落ち着いてwwwwww

442:ちゅーりっぷ

自分は明日早いんで落ちます。お休みなさぁい。

443:さろんぱ巣

今から強行軍……か。ロリっ娘ちゃん達の笑顔を見られると思えば、不思議と体が軽い。こんなの初めて！　おじさん、頑張っちゃうぞー！

444:つだち

>>430　泉の乙女なら伝説が始まりそうな予感。

445:iyokan

とりあえず俺らが言えるのは、はよ動けロリコン共ってことですかねぇ。

・

・

・

491:白桃

>>484　船旅も良いと思うけどね。船酔《ふなよ》いが無ければ。

492:もけけぴろぴろ

ほへー中立の魔物の国かぁ。一度は行ってみたいかも。

493:かなみん（副）

大都市でロリっ娘ちゃん達なにするんだろ？　明日は学校だろうし、そんなにやらないとは思うけどもぉ。

494:ナズナ

>>487　今日も今日とてロリっ娘ちゃん達は仲良くゲームを楽しんでるよ。いい大人がガチで見守るくらい尊さに溢れてる。

495:焼きそば

なにしよっかなぁ。あんま変な行動して睨まれたくないからなぁ。

R&M攻略掲示板

496:黒うさ

あ、やっぱりロリっ娘ちゃん達は戦いに飢《う》えているのか……。

497:夢野かなで

ロリっ娘ちゃん達、新しい場所に来たら恒例《こうれい》と化してるよね。周囲の魔物をとりあえず狩る、っての。レベルも上がるからやること決めてないならひと狩りするのも手だけどもさ。

498:かるぴ酢

>>488　近くでイノシシを１０倍くらい大きくしたような魔物が出たってさ。中立の魔物で敵対してる魔物倒してくれるから、ギルドでは倒しちゃダメって言ってるって。

499:魔法少女♂

あの牛みたいな魔物、お兄さんに求愛してない？　子供だからって許されると思うなよ。お兄さんガチ勢のボクに喧嘩売ってるよね。根絶《ねだ》やしにしてやろうか。なぁ～んてね☆★☆

500:sora豆

>>492　最近あるって分かったみたいだぞ～。ギルドは割りと静観《せいかん》気味。干渉《かんしょう》し合わないとか倦怠期《けんたいき》の夫婦か。

書き込む　全部　<前100　次100>　最新50

R&M攻略掲示板

501:プルプルンゼンゼンマン（主）
ピクニックは子供のころを思い出すなぁ。

502:黄泉の申し子
船や機関車を作っている人がいるなら、双眼鏡とか作ってる人もいるはず。高くても欲しい。快適な見守りライフを……！

503:氷結娘
騎士の国にも料理ギルドの手が入っている。あとなんかカロリー高めの肉料理が多い気がする。年取って脂《あぶら》っこいのダメだったけど、めっちゃ関係ないからガッツリ食べたよね。

504:中井
ロリっ娘ちゃん達ホント現代に舞い降りたロリっ娘。

505:黄泉の申し子
>>499　おおおおおおちちゅけおちちゅきゅんじゃ。

506:わだつみ
ロリっ娘ちゃん達ログアウトしたら自分も落ちますね～。

書き込む　全部　＜前100　次100＞　最新50

そんなこんなで、いつも通りわちゃわちゃしていた紳士淑女達。見守る対象がログアウトした瞬間、ちょびっとだけ大人しくなるのであった。

◆　◆　◆

朝、スッキリ目覚めることができ、服を着替えたり、顔を洗ったりしてキッチンへ。

今日の朝食は、昨日お風呂で考えたんだけど、レタス、ハムを入れたチャーハンと、冷蔵庫にあるもので作った味噌汁かな。

間に合わせになっちゃうのは仕方ない。


「タマネギもジャガイモもある。ワカメとニンジン、もうなんかよく分からんけど、グリンピースも入れてしまおう」


お風呂に入っていたときはちゃんと考えていたんだけど、やっぱり冷蔵庫の中を見たら、なんでもかんでも入れてしまいたくなる。

考えすぎも良くないって誰かが言っていたし、美味しいものを作れば大丈夫だ。

深型のフライパンを必死に振ったり、鍋でかなり大雑把な味噌汁を作ったりしていると、いつもの時間帯に2階が騒がしくなった。

バタバタという足音が、立洗面所とトイレに走っていく。

なんだか最近、トイレの取り合いとかしてないなぁ、って思っていたら、雲雀がトイレの扉を叩く音が聞こえてきたぞ。

2人がリビングに入ってきて、元気な挨拶と共にカウンターテーブルに置いていた料理を持って行ってくれる。

俺は飲み物を冷蔵庫から取り出し、持って行けばすぐに食べられる。


「今日も今日とて走り込み。頑張るぞぅ」

「ん、走るのは楽しい。つぐ兄のご飯も美味しくて私はニッコリ」

「ご飯美味しいと幸せだよねぇ」

「俺は2人が楽しそうで幸せだよ」


割りと適当なご飯になっているとしても、美味しい美味しいと頬張《ほおば》ってくれる雲雀と鶲がいてくれて俺は幸せだ。

3人で楽しいとか幸せとか、本当照れちゃうからたまにしか言わないぞ。

夕飯のリクエストを聞いてもお肉と野菜なら、といつもみたいなことしか言ってくれないのは少し悩むなぁ。

今日は主婦仲間に聞いた、品揃えが若干マニアックなスーパーに行ってみるのも良いかも。

なんと言っても仕事は無いからしばらくは暇だし。昼間から時間のかかる料理を作ってもいい、はず。ご期待ください、だな。


「つぐ兄ぃ、行ってきます！」

「行ってきます。夕飯のため、今からお腹空《す》かしてる」

「ひぃちゃん、今日はお腹ペコりんなんだね」

「時間がヤバいぞお前ら。気をつけて行ってきな」

「ん、行ってきます。つぐ兄も戸締まりとかちゃんとしてね」


そんなこんなで楽しそうに会話をしている雲雀と鶲だったが、学校の時間が近くなってきたので送り出す。

俺はマニアックなスーパーに行くため、ちょっとした準備でもしようか。

とは言っても、食べたところの片付けするだけなんだけど。やろうと思ったときにやらないと、忘れちゃうかもしれないし。

食器を洗って棚にしまい、洗濯機を回し、家の戸締まりをする。

それから財布《さいふ》と鍵を持ち、スーパーの開店と共に入店。

業務用スーパーかよ、と内心ツッコミを入れつつ感心もする。

マニアックな商品もあり、あったら便利だけど、なかなか手に入る機会のないものもあって、ホクホクしてしまう。

ほらこれ、ブルガリア生まれのシャレナソルって、買う人がいるのか心配になっちゃうぞ。

塩と複数のハーブをミックスした伝統的な調味料らしいけど、売ってるの初めて見たし。

でも俺は、この調味料に無限の可能性を感じたので、一番小さな小瓶を買ってみた。

他にもいろいろ買い漁り、両手に買い物袋を提《さ》げて家に帰った。


「この匂い、ポトフの味付けに使ったら美味しいかも」


ハーブの爽やかな香りと共に、パプリカの甘い風味も漂《ただよ》い、きっと奥深い味わいになるだろう。

適当なサラダを作って、ドレッシングに少量加えても良いかな。

っとその前に、洗濯物を干す作業から始めよう。

今度、洗濯槽の掃除もしないとな、と考えつつ、2階のベランダに干していく。

「……さて、肉と野菜のじっくり煮込《にこ》みを作ろう」


洗濯物を干し終えたら、時間のかかるものから手を付けるべくキッチンへ向かう。

圧力鍋でやると、時短で、中までしっかり染みて、いろいろと幸せになれる。

そして俺が作ろうとしているのはポトフとは呼べない。

雲雀と鶲に喜んで欲しくて、肉と野菜をしこたま入れてしまうから。

この前主婦の情報発信番組でやっていたフライパンで作れるお手軽簡単パン、とやらも作ってみよう。

やりたいと思ったときがやり時だって、誰かが言ってたからな。

今日の俺は、料理系主夫と言うことで、ひたすら料理製造器と化す。全ては妹の笑顔のために。

ひたすら料理をしたり洗濯物を畳んだりしていたら、どんどん時間も過ぎたようであたりが暗くなってきた。

大体の感覚でそろそろ雲雀と鶲も帰ってきそうだと思いながら、キッチンから漂ってくる美味しそうな匂いに鼻を鳴らす。

煮込み汁は味見もしたし、胸を張って満足できるものだと言える。夕飯に乞《こ》うご期待。

フローリングをワイパーで掃除していると、勢いよく玄関扉が開き妹達と目が合った。

玄関の廊下に俺がいるのは珍しいからか、雲雀の動きが止まる。

たまには出迎えてみるのも良いかもしれないな。

「……ただいまつぐ兄ぃ、おっなかすぅいたぁ～！」

「ただいま。雲雀ちゃん、手を洗うかお風呂入らないと」

「ん！　そうだね！　つぐ兄ぃお風呂入るね！」

「お、おぅ。肩まで浸かるんだぞ」

すぐに我に返った雲雀が鶲に連れられ、洗面所へと向かった。

数十分後、ホカホカした雲雀がリビングの中へ入ってくる。

あたりの匂いを嗅ぎ、キッチンカウンターの向こうから元気よく声をかけてきた。

「お風呂入ってきた！　ねぇねぇつぐ兄ぃつぐ兄ぃ、なんかいろんな匂いが混じってて面白いね。美味しそうな匂いなんだけど、面白い！」

「お目が高いな。新しい調味料を買ったんだ。ポトフみたいなごった煮と、フライパンで作ったバターたっぷりのパンだな。あとはサラダもあるぞ。飲み物はさっぱり冷茶」

「ん、それは絶対に美味しいフラグ」

とても楽しそうでお兄ちゃんも嬉しいよ。そんなやり取りをしていたら鶲も入ってきて、夕飯を早く食べようと動き出す。

食べたあとはもちろんゲーム。

俺が食器をシンクに持っていく間に準備が終わって、雲雀と鶲が俺待ちをしていた。

昨日のうちに今日の予定は練ってきているようで、ゲームの中へ行くまで２人で話し合っていた。

ちなみに美紗ちゃんは忙しいらしく、ログインできないとのこと。

なにをするか予定を立てていたことは分かるけど、詳しく聞いてないので俺は向こうに行ってから聞くことになる。

いつも通りになるかもしれないし、割りと気楽に構えられるのが良いところ。楽しみにしておくと良さそうだ。

◆　◆　◆

いつものようにヒバリとヒタキが来るまでの間にリグ達を喚び出し、２人が来たら人気《ひとけ》の無いベンチへ。

とても楽しそうなその姿を見ていたら、今日の予定を頑張って考えてきたんだなぁと。

ベンチに腰を落ち着かせ、足の上にメイや小桜小麦を乗せれば準備ＯＫと言わんばかりにヒバリとヒタキが口を開く。

「今日はちょっぴり楽しんで、明日いっぱい楽しもうかなって思ってるよ！　みっ、み、ミィちゃん明日なら来れるって言ってたし」

「ん、お楽しみはミィちゃんも一緒。今からギルドで、あまり受注率の良くないクエストをやってみたいと思う。私達の大得意お使い系。ここの人達は大暴れが好きだから」

「買い物、お留守番《るすばん》、草むしり、失せ《う》物探し、私達は得意だもんねぇ。縁の下の力持ちって憧《あこが》れるしぃ？」

いろいろやりたいことはあるけれど、明日のための肩慣らしをしようってことで良いのかな。

新しい場所に来ても、俺達はいつも通り通常営業。

とりあえずビールならぬ、とりあえずギルドへ向かおうと、ベンチから立ち上がった。

大きなウエスタンドアを開けてギルドの中へ入り、クエストボードの中でも人気の無いところへ足を向ける。

他のボードと比べクエスト用紙が減ってないかも、と言った印象を持ったのでここから今日のクエストを選ぼう。

これもいつものことだが、ヒバリとヒタキにクエストを選んでもらうとするか。そしてたまにメイが選ぶ、と。

上から下まで舐めるかのようにクエストボードを眺め、人気の無いところだからと悩み倒し、選びに選び抜いたクエストはひとつ。

唸りながらヒバリとヒタキが選び、俺へ押しつけるように「これ！」と渡してきた。明日との兼ね合いもあるからひとつなんだろうな。

【森に住むお婆さんへ日用品を届けて欲しい】
森に住む、薬の魔女と呼ばれるお婆さんに、日用品を届けてください。届けるものはギルドの受付に預けてあります。届け終わったらお婆さんに証明をもらい、受付に持ち帰ってください。
【依頼者】イトウェイ（ＮＰＣ）
【ランク】Ｄ～Ｆ
【報酬】２５００Ｍ。

こういったクエストは大得意だ。

受付へ用紙を持って行くと、俺が両腕で抱えるほどの、大きな籠を渡された。

「うぉ、お、重、くない……？」

「めめっめぇめぇ」

（｀・ェ・´）

「ありがとうメイ、助かったよ」

ステータス補正とやらを信じ切ったせいで、ズンッと腕にかかった重みに負けそうになる。

その時、スッと俺の持つ荷物の下に行き支えてくれたのは、破壊神の名を持つメイでした。

持たなくてもインベントリあるんだから、すぐにしまえば良かったな。

「えっと、森の魔女さん家は東の門をくぐって道なりに進んで、分岐《ぶんき》の立て看板を無視して真っ直ぐ。途中で動物が出てきたら魔女さんの使い魔だから、用件を言えば案内してもらえるみたい」

「ん、魔物がいるから警戒《けいかい》は怠《おこた》らない」

「じゃあ皆、私に続け～！」

受付の人から教えてもらった魔女のお婆さん家に至る道をヒバリが復唱し、言葉通り東の門をくぐって道なりに進む。

ヒタキも自身のスキル【気配探知】を使い周囲の警戒を怠らず、彼女の近くにいる小桜と小麦も周囲を警戒してくれているらしくとても頼もしい。

ヒバリの元気な声が歩く道に木霊するが、舗装された道を進んでいるおかげか魔物はいるものの寄って来ることはない。

大体1時間くらい歩いていると、ヒバリの言っていた立て看板とやらが見えてきた。

看板によると、右は街、左は村があるらしい。

指差しながらヒタキに確認を取る。

「この看板を無視して森の中へ入ればいいんだよな」

「ん。周囲に魔物はいないから突っ走ってもおっけー」

「……それはさすがにしないよ。多分。おそらく、きっと」

「ツグ兄、なんとなく不安は分かる気がする」

彼女は頷き、少し楽しそうな表情を浮かべ、森をクイッと指差す。

それはちょっとな。

茂みをガッサガッサとかき分けて進み、しばらくすると獣が通ったような道を見つけたので、そこを歩いていく。

まぁお迎えが来るらしいので、来てもらうまで進むまで。迷子にならないようには気をつけたいけども。

歩いている途中で、ヒバリがいきなり「んん〜森と言ったら熊さんだけど、今の戦力なら熊さんも怖くないよねぇ。もちろんゲームだけだよ」と口を開く。

そうだなぁ。野生の熊くらいなら過剰《かじょう》戦力、ってやつになるかもしれないな。

「あ、ツグ兄。こっち見てるリスがいる」

「ふぁぁぁぁきゃわわわわ」

ふとヒタキの言ったほうへ視線を向けると、木の枝に、手のひらほどのリスがいた。こちらの様子をジッと窺っているようだ。

リスに向かい俺は話しかける。

「俺達はアインドのギルドで、森の魔女へ荷物を届けるクエストを請《う》け負《お》った冒険者だ。道案内を頼めるだろうか？」

聞き終えたリスは、地面に下りトコトコと歩き出す。

俺達がきちんとついてきているか稀に振り返るので、ヒバリとヒタキはその愛らしさに胸を打たれているようだった。

しばらく歩いていると、開けた場所に出て、煙突《えんとつ》のある小屋がポツンと建っていた。

トコトコ歩いていたリスが小屋の中へ入っていくと、深緑色のローブをまとった、優しそうなお婆さんが小屋から出てきた。


『おやおや、お客さんかい？』


リスに伝えたことと同じことをお婆さんに告げ、荷物をどこに置けば良いのか尋ねる。

家の中へ入っても良いと言われたので、お邪魔することに。

インベントリから出したりしまったりできるので、運送業をやったら大儲《おおもう》けできるかもしれないな。

お婆さんの家に入ると、『さぁお掛けになって』と言われたけど、まずは請け負ったクエストの荷物を渡したい。

そう伝えたら、穏やかな笑みと共にこのあたりに、と置き場所を示される。示された場

所はお婆さんの腰のあたりまでの棚の上。

インベントリから取り出して置き、きちんと中身の確認もしてもらう。

『あらあらまぁまぁ、イトウェイったら』

「お婆ちゃんのことが依頼主さん大好きなんですねぇ」

『うふふ、そうかしら？』

「ん、お婆ちゃん心配。いっぱい入れちゃう」

中身を確認してもらい、ギリギリ人数分ある椅子に腰掛けた俺達は、お喋りに花を咲かせた。

とは言っても、特にお婆ちゃん、ヒバリ、ヒタキの３人が咲かせてるんだけどな。

お菓子とお茶をもらって、しっかり話し込む体勢だ。

リグは俺の頭の上に乗っていて、メイ達には床でまったり過ごしている。

お婆ちゃんの肩に乗っていたリスが、クエスト達成用紙を持ってきた。それを受け取り、インベントリにしまう。

リスは小さい体なのに、自身の2倍程度も大きい紙を持ってきてくれたんだ。

◆　◆　◆

クエスト達成用紙をインベントリにしまったのを見計《みはか》らったかのように、お婆ちゃんがお茶を勧《すす》めてきて、俺も彼女達の話に混ぜてもらう。

お茶はお婆ちゃんが育てている、とても良い香りのする香草茶。

お茶請けには、スライムスターチとフラワーシュガーを使った優しい味のクッキー。

1時間程度の楽しいお茶会は、ヒバリがいきなりガバッと立ち上がって言い放った言葉で終わりを告げた。

「ええと、そろそろお暇《いとま》させてもらおうかと思います！」

いくらお婆ちゃんが良いと言っていても、依頼主を安心させるためにも、早めに帰ったほうが良いかな。正解は分からないけどね。

荷物もきちんと届けられたし、クエスト達成用紙も受け取った。

また来て良いからね、と和やかに手を振るお婆ちゃん。

俺達も手を振り返し、アインドを日指し森の中を歩く。

歩き方が悪いのか、道なき道を歩くことになってしまった。

でもほら、道には迷ってないから。

「んん～♪　もっりにいるぅ～、くまっくっまがお～♪　おそってぇこっないならぁ、たっだのくまぁ～♪　ふふんふんふん♪」

「ヒバリちゃん、楽しそう。あ、周囲の警戒はしてる」

いつものように、先頭を歩くヒバリがご機嫌な鼻歌を歌い出し、後ろを歩くヒタキも楽しそうな声音で喋る。スキルはちゃんと使用しているよ、と俺のほうに振り向いて教えてくれた。

ヒタキはしっかりした子だから、基本的に心配してないけど、たまにとんでもないことをする。

だからドキドキしちゃうよな。恋ではない。

ヽ(・ｗ・)ノ

「シュ～シュッシュ～」

「おぉ、リグも楽しそうだ」

茂みで見えなくなりそうなので、メイ、小桜、小麦は俺の足元にいてもらう。

ヒバリの鼻歌を聞いてご機嫌なリグの背中を撫でつつ、前を行くヒバリ達と、足元にいるメイ達を気にしないといけない。

大雑把に茂みをかき分け歩いていると、ようやく森を抜け、先ほど見た立て看板を発見した。

茂みに潜んでいたスライムを踏んでしまったこと以外、特に変わったことも無く、街に帰るときも舗装路を通ったので戦闘は無し。メイはちょっと不満げかな。

ゆっくりとギルドに戻り、受付にクエスト達成用紙を渡したらクエストクリア。

大分改善はされたけれど、討伐以外のクエストを選ぶ人はやはり少ないらしい。なかなか減らない、お使い系と呼ばれるクエストが貼ってあるボードの前を通り過ぎ、俺達はギルドを後にして、いつも通り噴水広場の端っこで話し合い。

突っ立っているのは邪魔かもしれないけど、広場は広々としているので、きっと大丈夫。

他にも数グループ、俺達と同じように話し込んでるし。

ヒバリが眉根《まゆね》を寄せて、真剣な表情を浮かべ悩んでいる。

「今日はこれくらいにして、ってなると少し時間がもったいない気がするんだよねぇ。今しかできないこと……」

「じゃあ料理かな。最近作ってないから在庫が少なくなってきたし。露天で細々としたものを買って、作業場を借りて作っちゃおう」

「ん、名案。ギルドルームは道具、あまり揃ってないし」

最近、時間をかけてやっておらず、在庫の少なくなってきていた料理を作りたいと提案した。

そうだなぁ大皿料理というか、ちょっと手の込んだものを作りたいというか。

いろいろR&M由来《ゆらい》の食材もあるというのに、インベントリの中に眠らせておくのはもったいない。

俺の提案に皆も乗ってくれ、目当ての露天で買い物をしてから作業場へ向かった。

施設が大きくなったとは言え、プレイヤー冒険者の数も多いので、作業場は3分の2程度埋まっていた。

数件空《あ》いていた個室を借りて中に入った。ここの特色は、家具が大きい、かな。

「家具が大きいのは、騎士の人が鎧でも座れるように……だって。鎧は総《そう》じて重いもの。特例あり」

通常の2倍とまではいかないものの、大きめの椅子に少し苦戦しながら座ったヒタキがそう呟いた。

ヒバリは「よっこいしょ」と飛び乗るように手をかけて座り、メイやリグは普通の椅子でも座れないので、俺が乗せてやる。

小桜と小麦は敷物の上で良いみたいだし、俺は料理を作るので座る必要は無い。

自分の胸元あたりまである大きなテーブルに顎を乗せ、俺に視線を向けながらヒバリが聞いてくる。


「ねぇツグ兄ぃ、なんの料理作るの？」

「そうだなぁ。あんまり考えって無かったけど、俺のインベントリには素材がたっぷりあるからな。それを使えれば良いな、って」

「なるほど」


世界樹の新芽《しんめ》をスライムスターチにくぐらせて天ぷらにするとか、世界樹の樹液を使ってゼリー、杏仁豆腐《あんにんどうふ》、パンケーキを作るのも良いな。

料理を入れる器《うつわ》の在庫も割りと残っているし、いろいろと言いたいことがあったとしても作ってから言ってもいいと思う。

とにかく料理だ！　考えずに作れ、って誰かが言ってた気がする。

俺の言葉に神妙な表情で頷いたヒバリを見ながら、俺はインベントリを開きつつ作業台へ。これとあれとそれを使おうかな、うん。

作業台の下から取り出した調理道具と、インベントリから出した食材を並べる。主役級の使用率が見込めるスライムスターチは多めにな。

すると、苦労して座った椅子からヒタキが降り、俺の側に寄ってきた。

「ツグ兄、ある程度なら手伝える。なにかお仕事ぷりーず」

「あ！　わたしも！　私もお手伝いする！」

「シュ！　シュシュ～ッ！」


（｀・ｗ・´）


ヒバリもリグも続々と作業台に集まり、なにか手伝えることは無いか聞いてくる。

作業台は広いし、ヒバリ達に手伝ってもらったほうが、早くたくさん料理を作れる。一石二鳥どころか五鳥くらい落とせるんじゃないか。

あぁでも、リグはちょっとお手伝いが難しいかも。

「ええと、ヒバリには杏仁豆腐を作ってもらおうと思う。ヒタキにはパンケーキとシロップだな。俺はいろんなものを天ぷらにして揚《あ》げる。ただひたすら揚げる」

なんだか雑な説明になってしまった気もするけど、これくらいでも伝わるのが兄妹の良いところ。

俺の話にテンションが上がったのか、2人は拳を天高く掲げ、下ろした拳を突き合わしゆっくりとぶつける。

まずはヒバリのほうからやっていこう。

とは言っても、材料も作り方も簡単な、なんちゃって杏仁豆腐。材料は牛乳、世界樹の樹液、スライムスターチと3つだけ。

……杏仁はどこへ行ったんだろうな？

鍋に牛乳、世界樹の樹液を入れて火にかける。

縁がふつふつ小さく泡だってきたら火を止め、ゼラチンやら寒天《かんてん》やらの代わりであるスライムスターチを加えて、良くかき混ぜる。

好きな器に移し替え、知らないうちに新しく作業台に加わった冷蔵庫に入れ、冷やして固めたら、なんちゃって杏仁豆腐の出来上がり。

それにしても、作業台に新しい機能が追加されるなんて。

割りとなんでもありな感じが否《いな》めなくも無いが、便利なのは素直に嬉しい。

まぁ余計な考えは置いておき、ひたすら杏仁豆腐を作る作業をしているヒバリの次は、パンケーキとシロップのヒタキだな。

◆　◆　◆

ヒタキに作ってもらうパンケーキの材料は卵、牛乳、スライムスターチ、世界樹の樹液を用意すればＯＫ。

まずは卵白《らんぱく》と卵黄《らんおう》に分け、ふたつのボウルに入れておく。

卵白の入ったボウルは置いておき、卵黄の入ったボウルへ牛乳、スライムスターチを入れる。そして竈《かまど》も大体１８０度で予熱を開始しておこう。

ヒタキのＳＴＲに物を言わせ、置いておいた卵白のボウルでメレンゲを作り、卵黄と他の食材を入れたボウルもしっかり混ぜる。

ここでパンケーキの出来が左右されるので、キッチリガッチリ良く混ぜて欲しい。

混ぜ終わったらメレンゲのボウルに卵黄ボウルの中身を3回程度に分け、メレンゲの泡を潰さないよう切りながら、さっくり混ぜていく。

型に生地《きじ》を流し込み、竈で20分くらい焼けば、ふわふわ厚焼《あつや》きパンケーキの出来上がり。

竈の時間は様子を見ながら調節したほうが吉。癖があるもんな、竈って。

「ツグ兄、シロップどうすれば良い？」

「そうだなぁ。世界樹の樹液をって思ったけど、そんなに量が無いからもったいないな。お手軽簡単なやつ」

「ん。それでも美味しいのは分かる」

世界樹の樹液は少ない量でもしっかり甘みを感じたり、かと思えば優しくふんわり香ったりする。

無い袖は振れないので、作るのはお手軽ケーキシロップ。

用意するのは砂糖、水飴《みずあめ》、水飴を溶かすための熱湯《ねっとう》、香り付けのバニラエッセンスの粉末。

本当にベーシックなやつだから、個性もなにもないけど勘弁《かんべん》。

ええとまず、熱湯を入れた器に水飴を入れてしっかりと溶かす。

乾いた鍋に砂糖を入れ弱火でしっとりしてくるまで放っておく。

溶け出したら早いので、目を離さないように。焦がしたら悲しい思いをするのは自分だしな。

液状になってきたら、木べらで混ぜながら茶色くなるまで待つ。茶色と焦げ茶の間くらいの色になれば、水飴を溶かしたお湯を入れて混ぜる。

しっかり混ざったのを確認し、火を止めて、バニラエッセンスの粉末を入れてもう一混ぜ。

出来上がればガラス瓶に移し、氷室《ひむろ》のような冷蔵庫の中へ入れて冷ます。

作業場は今とても甘い香りに満たされているが、俺は今から揚げ物をするので、混沌と化すぞ。

天ぷらには世界樹の新芽はもちろん、まだ残っていたクラーケンの一部も使っておこう。

あとは野菜やキノコ類も買ったし、それをひたすら天ぷらにしていこうか。

「ツグ兄ぃ、材料無くなっちゃったから片付けるね！」

見なくてもできるんじゃ無いかってくらい慣れた作業をしていると、食材が切れたとヒバリが申告をしに来てくれた。

切れた食材は、世界樹の樹液だなぁ、って聞かなくても分かってしまう。

「あぁ、ちゃんと片付けられるか？」

「だっだだだだ大丈夫！　今ならもれなくツグ兄ぃのスキル補正あるもん。だから大丈夫、なはず……。たぶん」

ふとヒバリに問いかけると、なぜかものすごく動揺《どうよう》しているんだけど現実がアレだからな。

スキル【料理】持ちの指導の下、料理のできない人も、スキルが無い人も、ある程度の補正を受けることができる。

だからこそ、こうやってヒバリとヒタキに簡単な料理を任せられるのだ。

現実なら、前に作った暗黒物質《ダークマター》（笑）が量産されることだろう。


「……だ、大丈夫みたいだな」


あれだけ動揺していたら、大丈夫だと分かっていてもハラハラしてしまうもの。きちんと料理を作る手は動かしつつ、後片付けをするヒバリに視線を向ける。

しばらく見ていれば全く問題ないことが分かり、ホッと一息。しっかりとした手つきでパンケーキを作るヒタキの様子も稀に窺いながら、大量の天ぷらを揚げる俺。

作り終わった俺達は、製作者の醍醐味でもある味見をしながら、出来上がった料理の完成度に頷いた。


【ほの甘世界樹の杏仁豆腐】

少量ながらも世界樹の樹液を使った贅沢な杏仁豆腐。ほのかな甘みとふんわり食感がたまら

ない一品。食べようと思ってもなかなか手に入る素材では無い。レア度５。満腹度＋12％。

【製作者】ヒバリ（プレイヤー）、ツグミ（プレイヤー）

【世界樹のパンケーキ】

少量ながらも世界樹の樹液を使った贅沢なパンケーキ。製作者がメレンゲをしっかり泡立てたおかげか、ふんわり厚焼きパンケーキとなっている。レア度５。満腹度＋８％。

【製作者】ヒタキ（プレイヤー）、ツグミ（プレイヤー）

【お手軽簡単ケーキシロップ】

お子様でも手に入れられる素材で出来た、甘くて美味しいケーキシロップ。たっぷりパンケーキにかけて食べると、この世の至福を味わえる。レア度３。満腹度＋25％。

【製作者】ヒタキ（プレイヤー）、ツグミ（プレイヤー）

【世界の恵み天ぷら籠盛り】

世界樹の新芽が目玉。新鮮な野菜やキノコ類をこれでもかと天ぷらにし、蔓《つる》で編まれた籠に盛られている。とても多いので目移りしてしまうかもしれない。レア度４。満腹度＋６％。

【製作者】ツグミ（プレイヤー）

レア度も高めだと思うし、それ以上に美味しいし、なにより手作りという付加価値が凄まじい……と思う。

これで料理の準備も出来たので、明日からは遊びに全力でも大丈夫そうだ。そして美紗ちゃんも来るだろう。きっと。

出来た料理を俺のインベントリに入れ、使った調理道具などもきちんと綺麗にしてから片付ける。

ヒタキ先生によれば、退出したら全てが元通りになる、とからしいけどやらないとなんだかムズムズするからやらないけども。

片付けが終わったら俺達は作業場から退出し、いつものように噴水広場へ。

「んじゃ、今日はもうログアウトしよっか」

「明日も学校あるからな」

たっぷりの水を噴き出す噴水のほうを向きながら、ヒバリが思いきり伸びをしつつ話す。

俺も彼女の言葉に頷き、足元にいるメイ達の頭を撫でたりして、「今日もありがとう」と感謝の意を伝える。

ウインドウを開いてリグ達を【休眠】状態にし、俺達もログアウト。

◆◆◆

目を覚ましてまず俺がやったことと言えば、ヘッドセットを外してテーブルの上に置き、同じ体勢でいたことによる凝りを擦ることで解《ほぐ》す。

まぁこれは解したつもりになる、って感じだけどな。

すぐに雲雀と鶲もゲームから目覚め、俺は俺でやることがあるのでヘッドセットの片付けは彼女達にお任せ。

夕食に使った食器などを洗っていたら、片付けが終わったのか、雲雀と鶲がキッチンカウンターの前に来て話し出す。

「あ、やっぱり美紗ちゃん明日遊べるって！」

「頑張って勝利を掴んだ。明日はよろしく、だって」

雲雀がゲームに使っているノートパソコンの画面を見せてくるんだけど、ここからだとちょこっとしか見えないのは内緒にしておこう。

美紗ちゃんのことはひとまず置いておき、そろそろ寝る準備をしないとな。

楽しそうにお喋りしている２人を促す。

「そろそろ部屋帰る。つぐ兄、お休みなさい」

「10時くらいまでには寝ないと。健全な精神は健康な体に宿るかもしれないし！　お休みなさいつぐ兄ぃ」

「あぁ、お休み」

そんなこんなで雲雀と鶲が部屋に帰るときお休みの挨拶をし、俺が返事をすると満足したように頷き部屋へ帰っていく。

明日はゴミ出しもなにもないし、ゆっくり風呂にでも入って早めに寝よう。

食器洗いが終わった俺は、戸締まりの確認をしてからゆっくりと風呂に入った。

明日の朝食を考えつつ、風呂から上がって自室へ。

雲雀と鶲の部屋から漏れる微かな光を見ながら自分の部屋へ。

パソコンを確認したり、忘れ気味な携帯を見たりしてから布団に入った。

一度目を閉じ、ハッと目を開く。

危ない、目覚まし時計の設定を忘れていた。

もしかしたら起きられるかもしれないけど、そんな危険は冒《おか》したくない。

気づいて良かった、と胸を撫で下ろし、今度こそ本当に目を閉じた。

R&M攻略掲示板

【ロリとコンだけが】LATORI【友達sa】part9

（主）＝ギルマス
（副）＝サブマス
（同）＝同盟ギルド

1:ＮＩＮＪＡ（副）
↓見守る会から転載↓
【ここは元気っ子な見習い天使ちゃんと大人しい見習い悪魔ちゃん、生産職で女顔のお兄さんを温かく見守るスレ。となります】
前スレが埋まったから立ててみた。前スレは検索で。
やって良いこと『思いの丈を叫ぶ・雑談・全力で愛でる・陰から見守る』
やって悪いこと『本人特定・過度に接触・騒ぐ・ハラスメント行為・タカリ』
紳士諸君、合言葉はハラスメント一発アウト！
上記の文はすべからく大事でござるよ！
・
・
・
671:ＮＩＮＪＡ（副）
今日はお仕事お休みでござるから、朝からゲーム三昧《ざんまい》でござる。時

書き込む　全部　＜前100　次100＞　最新50

R&M攻略掲示板

間制限に休息時間もあるでござるゆえ、三昧とはいかないかもしれないでござるな。でもいつもよりは三昧でござるよにんにん。

672:黄泉の申し子
>>666　性格はアレだが言っていることは概《おおむ》ね正論な件について。だがステイ。待て。落ち着け。落ち着いてくれ。

673:こずみっくZ
騎士の国は大味な料理が多い。これはこれで美味しい。

674:わだつみ
徒歩でロリっ娘ちゃんのところに行こうと思ったんだけど、めっちゃ広いから時間かかる……。心が折れたら楽するね。多分モフモフ珍道中になると思われ。

675:かなみん（副）
ちゅーもぉーく！
第一回目のギルド模擬戦《もぎせん》なんだけど、人数制限無しのイベントになりました。人数の少ないほうに合わせれば良いじゃん、ってやつね。うちのギルドもって言うか、私がやりたい！　血湧き肉躍るお祭り万《ばん》歳《ざい》！　と言うわけで参加してくれるメンバー募集だよ。戦績とか関係ないからお気軽に。対人戦の良い練習が出来るよ～！　詳しくは

書き込む　全 部　＜前100　次100＞　最新50

R&M攻略掲示板

運営のお知らせを見たほうが分かりやすいかも。

676:sora豆

>>668　ロリっ娘ちゃん達はモフモフのキュルキュル可愛いグリフォンで行ったからめっちゃ早かった。ついていくの大変だわ。

677:氷結娘

久しぶりに会ったサマナー系職の友達がケモナー性癖《せいへき》を発症《はっしょう》していたんだが……。イイネ！！！！！！　分かる！！！！！！　ちなみにな！　耳と尻尾つけただけでケモノとかあり得ないからな！　２足歩行のケモノが本物だから！　俺はどっちも大好きだけど！！！！！！

678:ナズナ

ロリっ娘ちゃん達、今日なにするんだろうなぁ。

679:中井

おはようからお休みまでボクらは紳士淑女なのです。きちんと礼《れい》節《せつ》を持ってロリっ娘ちゃん達を見守るのです。非公式なのです。ちょっとだけ草葉《くさば》の陰から見るだけの人畜無害《じんちくむがい》な生き物なのです。

書き込む　全部　<前100　次100>　最新50

R&M攻略掲示板

680:コンパス

>>671　おちかれ。自分は会社勤《づと》めだから土日休み。金曜日の夜からR＆M三昧する！　よろしく！

681:甘党

やっぱロリちゃん達も金曜日に向けて準備かなぁ。

682:iyokan

>>670　トイレ行きたくないからって飲み物飲まないとかダメぞ。体調管理も紳士淑女の嗜みじゃぞ。ふがふが。

683:焼きそば

>>675　はへー。ちわきにくおどる。

684:餃子

今日も今日とて俺達の癒やしを見守るぞ！　うおー！

685:密林三昧

あれ？　ロリっ娘ちゃん達、森のほうに行ったぞ。ＮＰＣクエスト問題はちょっと良くなったけど気を付けないとな。ポストアポカリプスとか洒落にならん。

書き込む　全 部　<前100　次100>　最新50

R&M攻略掲示板

686:白桃
お兄さんの料理食べたい……。まだもぎ取ったお兄さんのクッキーはインベントリの中にしまってるんだぜ。

687:黒うさ
>>674　な、なんてチャレンジャーなんだ。

688:つだち
森の中をかき分けて進むロリっ娘ちゃん達。野性味最高か。

689:ましゅ麿
騎士の国には腕自慢を集めて士官者を募《つの》る？　大会があるみたい。今は時期じゃ無いって言うか、数年にしかやらないって。仔狼ちゃんがいたらお目々キラキラでやるんだろうか。そんな自分は小鬼ちゃん推《お》しになってしまった。もちろん皆大好きだー！！！！！！

690:もけけぴろぴろ
>>675　いつやるのかって思ってたんだけど、そろそろか。俺も血湧き肉躍る戦闘がしたい！　弱いしほぼ生産しかしてないけど！

691:嫁《よめ》はメシマズ（同）
都市に帰るまでがクエストやでロリっ娘ちゃん達。

書き込む　全部　<前100　次100>　最新50

R&M攻略掲示板

692:空から餡子

スキル欲しいのたっっっっっか。

・

・

・

774:焼きそば

森の魔女は薬の魔女。森の恵みを使って薬を作り、森の中にある魔物の国にも薬を売っているとのこと。彼女の周りには使い魔と呼ばれるモフモフきゃわたん動物がいてテンション爆上げ。可愛い。

775:空から餡子

プレゼント機能で推しに貢《みつ》ぎたいでござるの巻。

776:白桃

バザー機能が追加されたら万が一を狙っているでござるの巻。

777:つだち

>>770　お前は人間暴走列車かい。わろわろ。

778:ちゅーりっぷ

>>777　なら黒玉出るまでお布施する！

書き込む　全 部　<前100　次100>　最新50

R&M攻略掲示板

779:甘党

ちょっくら森の敵対魔物をお掃除してしまう。だって俺は見守り隊だから。うおー！　世界の至宝は俺が守る！　見守りたい見守り隊！

780:密林三昧

やっぱ模擬ギルド戦は土日の夜になるのかぁ。時間が時間なら参加できるけど、早めの夜はまだ仕事中だぁ。んでさ、最高１００対１００とか泥仕合《どろじあい》になる確率のほうが高そう。

781:フラジール（同）

模擬ギル、うちとめっちゃやってほちぃ……（ちらっちら）

782:ましゅ麿

>>775　推しに貢ぎたい気持ちは分かる。めっちゃ分かる。自分も推しにめっちゃ貢ぎたい。生活に支障《ししょう》ないくらい貢ぎたい。

783:氷結娘

ロリっ娘ちゃん達、アインドに帰ってお料理だって。

784:餃子

映像投稿《とうこう》サイトで世界の列車風景とか、グリフォンによる飛行風景とか、ゲームやらんでも楽しめんの増えてきた感。あと初心者向けの戦闘動画見てて楽しい。

785:かるぴ酢

>>778　おい涙拭けよ。

786:棒々鶏（副）

>>781　ボッコボコにされる未来しか見えないのですがソレは。戦闘好きな方に聞いてみますね。自分は無理です。弱々の弱なので。

787:プルプルンゼンゼンマン（主）

作業場に行くと見守る必要が無いので周囲の危ない魔物狩りが捗る。そう言えば、近隣《きんりん》に大型レイドボスがいるらしいぞ！　ロリっ娘ちゃん達がログアウトしたら行ってみる。

788:魔法少女♂

お兄さんの料理食べたいよぅ。ぐすん。

789:コンパス

>>774　森の善き魔女ってやつか。ここのゲームは神様も親しみやすいし魔女狩りも無さそうだし、世界全体で優しい世界って感じ。優

しさが俺の身に染みる。しみっしみだぜ。

790:中井
投稿サイトって言ったら、最近のオススメは大農園プロジェクトってやつで鍬振ってるのと、一攫千金《いっかくせんきん》ドリームって天然ダンジョン潜ってるのと、大商人行脚っての見てる。謎の行動が楽しい。

791:さろんぱ巣
ロリっ娘ちゃん達ログアウトしたら自分も落ちますぞ～。

792:かなみん（副）
>>781　フラちゃんのたわわなお胸借りる勢いでやりたーい！

あとがき

この度は、拙作《せっさく》を手に取っていただきありがとうございます。

第九巻は雪が積もる北の大地を旅するということで、ツグミ達にはその地でしか味わえない体験をさせてあげようと考えていました。けれども、あれやこれやと色々な案が頭に浮かんできてしまい、思いのほか雪の要素が無かったかもしれません……。

あぁでも、あの犬ぞりは立派な雪要素ですね。イラストレーターのまろ様には、丸っこくて本当に可愛らしい犬達にデザインしていただけて作者冥利《みょうり》に尽きます。

そして、本巻のちょっとした目玉イベントと言えば、超弩級龍・古の背中をゴシゴシ掃除する依頼です。お嬢様プレイヤーのシルヴィアさんとお嬢様系狂戦士のミィちゃんが並ぶ一枚絵は見物《みもの》です。

シルヴィアとセバスチャンのコンビも好きなので、いずれもう一度出せたら良いなぁと思っています。ナナミとユキコのコンビとは、また一味違った面白さを読者の皆様に提供出来るはず……！

そう言えば、グリフォンにも乗りましたね。第九巻はモフモフ好きな作者による、モフモフ好きな人に贈る至高《しこう》の一冊になったかもしれません。私、小さくて可愛い動物とか本当に弱いんです。魔物も可愛らしいデザインが多く倒してしまうのが心苦しいのですが、ソレはソレ、コレはコレ。ということで、倒すことに遠慮はありません。

他にも色々と語りたいことはありますが、この辺で終わらせていただきます。

最後になりますが、この本に関わってくださった全ての皆様へ心からの感謝を申し上げます。

それでは次巻でも、皆様とお会い出来ますことを願って。

二〇二一年十月　まぐろ猫@恢猫

大好評発売中!
累計610万部突破!
(電子含む)
ゲート SEASON1
大好評発売中!
コミックス
最新19巻
大好評発売中!
単行本
文庫
漫画
漫画:竿尾悟
●本編1～5／外伝1～4／外伝+
●各定価:1870円(10%税込)
●本編1～5〈各上・下〉／
外伝1～4〈各上・下〉／外伝+〈上・下〉
●各定価:660円(10%税込)
●1～19(以下、続刊)
●各定価:770円(10%税込)
スピンオフコミックスもチェック!!
ゲート featuring
The Starry Heavens
原作:柳内たくみ
漫画:阿倍野ちゃこ
1～2
ゲート 帝国の薔薇騎士団
ピニャ・コ・ラーダ14歳
原作:柳内たくみ
漫画:志連ユキ枝
1～2
めい☆コン
原案:柳内たくみ
漫画:智
●各定価:748円(10%税込)

大ヒット
異世界×自衛隊 ファンタジー
ゲート
自衛隊 彼の海にて、斯く戦えり
GATE SEASON 2
1〜5
柳内たくみ 著
Yanai Takumi
1〜5巻
好評発売中！
文庫1〜3巻
（各上・下）
大好評発売中！
ゲート SEASON 2
1.抜錨編
GATE
自衛隊 彼の海にて、斯く戦えり
柳内たくみ 著
舞台は異世界の海！ゲート海自編、ついに開幕！
海上自衛隊VS
異世界海賊＆海軍！
累計420万部！ 超スケールの自衛隊×異世界ファンタジー！
『ゲート』シリーズ累計
ついに
500万部
突破！
豪華賞品が当たる
海自編、待望の文庫化！
●各定価：660円（10%税込）
●Illustration：黒獅子
●各定価：1870円（10%税込）
●Illustration：Daisuke Izuka

ネットで人気爆発作品が続々文庫化!

アルファライト文庫 大好評発売中!!

アラフォーおっさん、ボスモンスターをワンパン撃破!?

1～6巻 好評発売中!

超越者となったおっさんはマイペースに異世界を散策する 1～6

神尾 優 *Yu Kamio*　illustration ユウナラ

召喚されてボスモンスターを瞬殺するも、激レア最強スキルが制御不能……!?

若者限定の筈の勇者召喚になぜか選ばれた、冴えないサラリーマン山田博(42歳)。神様に三つの加護を与えられて異世界に召喚され、その約五分後——彼は謎の巨大生物の腹の中にいた。いきなりのピンチに焦りまくるも、貰ったばかりの最強スキルを駆使して大脱出! 命からがらその場を切り抜けた博だったが——。不器用サラリーマンの異世界のんびりファンタジー、待望の文庫化!

文庫判　各定価:671円(10%税込)

ネットで人気爆発作品が続々文庫化！

アルファライト文庫 大好評発売中!!

魔物蔓延る最果ての魔境で——
無自覚チート ダダ漏れの
お気楽ライフ!?

最強Fランク冒険者の気ままな辺境生活？ 1～2

紅月シン *Shin Kouduki*　illustration ひづきみや

凶悪な魔物が跋扈する辺境の街で
天然勇者、田舎暮らしを大満喫!?

魔境と恐れられる最果ての街に、Fランクの新人冒険者、ロイがやって来た。過酷な辺境での生活は彼のような新人には荷が重い。ところがこの少年、実は魔王を倒した勇者だったのだ。しかも、ロイにはその自覚がないため、周囲は大混乱。彼が無意識に振りまくチートな力で、やがて街は大きな渦に呑まれていく——。元Sランク勇者の天然やりすぎファンタジー、待望の文庫化！

文庫判　各定価：671円（10％税込）

アルファライト文庫

この作品に対する皆様のご意見・ご感想をお待ちしております。

おハガキ・お手紙は以下の宛先にお送りください。

【宛先】

〒150-6008 東京都渋谷区恵比寿 4-20-3 恵比寿ｶﾞｰﾃﾞﾝﾌﾟﾚｲｽﾀﾜｰ 8F
(株) アルファポリス　書籍感想係

メールフォームでのご意見・ご感想は右のＱＲコードから、
あるいは以下のワードで検索をかけてください。

アルファポリス　書籍の感想　検索

ご感想はこちらから

本書は、2019 年 8 月当社より単行本として
刊行されたものを文庫化したものです。

のんびりVRMMO記《き》 9

まぐろ猫@恢猫（まぐろねこあっとまーくかいね）

2021年 10月 31日初版発行

文庫編集－中野大樹／宮田可南子
編集長－太田鉄平
発行者－梶本雄介
発行所－株式会社アルファポリス
〒150-6008東京都渋谷区恵比寿4-20-3恵比寿ガーデンプレイスタワー8F
TEL 03-6277-1601（営業） 03-6277-1602（編集）
URL https://www.alphapolis.co.jp/
発売元－株式会社星雲社（共同出版社・流通責任出版社）
〒112-0005東京都文京区水道1-3-30
TEL 03-3868-3275
装丁・本文イラスト－まろ
装丁デザイン－ansyyqdesign
印刷－中央精版印刷株式会社

価格はカバーに表示されてあります。

落丁乱丁の場合はアルファポリスまでご連絡ください。

送料は小社負担でお取り替えします。


ISBN978-4-434-29484-6 C0193